N&K

G A L I A

Der kleine Junge, der ich war

Roman

Aus dem Französischen
von Felix Mayer

NAGEL & KIMCHE

Aus dem Französischen von Felix Mayer

Die Übersetzung wurde durch ein
Aufenthaltsstipendium der Kunststiftung NRW /
Europäisches Übersetzer-Kollegium Straelen
gefördert.

Satz: im Verlag, gesetzt in Adobe Garamond Pro
Herstellung: JournalMedia GmbH, München
Druck und Bindung: CPI Books GmbH

ISBN 978-3-312-01188-9
Printed in Germany

FSC
www.fsc.org
MIX
Papier aus verantwortungsvollen Quellen
FSC® C083411

Für
Gérald Nanty

Prolog

Dieser Dreh will einfach kein Ende nehmen. Zum Glück sind wir schon bei der letzten Einstellung. Ich werfe mich in Positur und lächle, eingewickelt in einen blutroten Mantel aus Murmeltierfell, schwelgerisch in die Kamera, um die Fernsehzuschauer zu ermuntern, meine nächste Show zu besuchen, die »In The Place« heißen und im Bataclan laufen wird.

»Galia, bitte, ein bisschen mehr Wärme im Ausdruck!«, ruft der Regisseur mir zu.

Ein bisschen mehr Wärme? Es ist schweinekalt, und wahrscheinlich wird es auch bald schneien an diesem eisigen Samstag im Dezember 2010. Ich habe gute Lust zu erwidern, dass ich mir den Busen abfriere, aber leider ist der Regisseur völlig humorlos. Wie ich jetzt nach diesem nicht enden wollenden Tag weiß, würde er den Witz nicht verstehen. Mehr als einmal war ich kurz davor, mich in meinen zwölf Zentimeter hohen Louboutins auf dem Absatz umzudrehen. Doch in der Not frisst der Teufel Fliegen, und das Verlangen muss sich der Vernunft beugen.

Letzte Woche habe ich, nach achtzehn Jahren treuer Dienste, das Queen verlassen, die berühmte Diskothek auf den Champs-Élysées. Jeden Sonntag hatte ich dort meine Show »Overkitsch« präsentiert, die nicht nur in der Schwulenszene Kultstatus erlangt hatte, sondern auch, wie ich wohl behaupten darf, bei allen Nachtschwärmern dieser Welt. In

Paris am Sonntagabend ein volles Haus zu haben, hatte als ein Ding der Unmöglichkeit gegolten, und doch war mir das fast zwei Jahrzehnte lang geglückt.

Ich trennte mich also von »Ihrer Fatiennität« (so mein Kosename für Philippe Fatien, meinen hinreißenden Chef) und stürzte mich in eine gewaltige Herausforderung: Ich fing noch einmal von vorne an.

»Du musst verrückt sein, die Champs-Élysées für die Place de la République aufzugeben«, hatte mein zukünftiger Ex-Chef mir anstelle eines Abschiedsgrußes mit auf den Weg gegeben.

Verrückt bin ich in der Tat, und das schon sehr lange. Seit ich begriffen habe, dass »nur diejenigen die Welt verändern, die verrückt genug sind, daran zu glauben«.

Mist, jetzt hat es auch noch angefangen zu schneien, das wird mir meine sorgfältig gefönte Frisur ruinieren. Der Regisseur schreit herum, aufgekratzt wie ein Bonobo, der gerade ein Büschel Bananen entdeckt hat:

»Los jetzt, schnell! Der Schnee, der rote Pelz, dazu dieses Licht – Galia, du bist umwerfend! Ruhe, bitte!«

Wie niedlich, der hält sich wohl für Fassbinder.

»Bravo! Die Sache ist im Kasten!«

Plötzlich stürzt ein Assistent auf mich zu und reicht mir mein Telefon.

»Das hört einfach nicht auf zu klingeln.«

Ich gehe ran.

Mit belegter Stimme teilt Kennedy mir mit, dass Gérald einen Herzanfall hatte. Er wird gerade in die Notaufnahme des Hôpital Américain in Neuilly gebracht.

Vom Himmel fallen große Schneeflocken. Ich weiß nicht mehr, wo ich bin. Der Lärm um mich herum dringt nur noch gedämpft zu mir, wie durch Watte.

Gérald Nanty – oder Nantounnet, wie Alice Sapritch ihn nannte –, der seit ewigen Zeiten mein Freund ist, mein Leuchtturm in der Nacht, mein Schutzschild, mein Pygmalion, den ich als jungen Mann kennengelernt habe, als ich im Alcazar zum ersten Mal auf der Bühne stand, der sich in der Welt des »Tout Paris«, vor der ich mich so sehr ängstigte, für mich stark machte, der Prinz der Nacht und der König der Feste, vom Colony bis zur Mathis Bar, der stets für alle ein offenes Ohr hat, der ein so ausgesprochenes Taktgefühl und einen gefürchteten Humor besitzt, der für eine geistreiche Bemerkung seine Seele verkaufen würde, der ständig den Kopf voller Pläne hat und auf Dutzenden Hochzeiten gleichzeitig tanzt – er kann mich doch nicht einfach so verlassen! Ich will doch noch so vieles von ihm lernen, ihm noch so vieles erklären, ihm noch so vieles erzählen, noch so vieles anvertrauen. Was weiß er denn schon von mir?

I

»Wie heißt du denn?«

»Dominique.«

»Und wie alt bist du?«

»Sieben.«

»Du bist wirklich ein ausgesprochen hübsches Mädchen, Dominique.«

»Ja, aber meine Oma will das nicht.«

»Sie will das nicht … Was genau will sie nicht?«

»Sie sagt, ich bin kein Mädchen.«

Die Verkäuferin blickte verdutzt drein. Sie wusste nicht, was sie diesem Kind mit den delikaten Gesichtszügen entgegnen sollte, das sie mit großen Augen fragend ansah und auf eine Antwort wartete, die der Meinung seiner Großmutter widersprochen hätte. Sie drehte sich um und wandte sich einer Kundin zu, die eben hereingekommen war. Behutsam verstaute Dominique das Kastanienmehl, das Lonzu und die Coppa in einem Einkaufsnetz, zog die Kordeln der Kapuze seines Dufflecoats zusammen und machte sich auf den Weg.

Seine Großmutter Nine wartete bestimmt schon eine ganze Weile auf ihn. Sie schickte ihn nur ungern zum Einkaufen so weit weg, aber der einzige Laden, in dem man wirklich erstklassige korsische Wurstwaren bekam, lag am Rand von Le Panier, dem ältesten Viertel von Marseille. Weil sie ihren Betrieb, die urige Bar des Muettes, nicht unbeaufsichtigt lassen konnte, nahm sie in Kauf, dass ihr Enkel, der nun schon fast sieben war, für sie diesen Weg machte.

In diesem Winter 1956 wurde Marseille von einer außergewöhnlichen Kältewelle heimgesucht. Die Stadt glich einem Eisschrank, und sie kam nur schwer mit den arktischen Bedingungen zurecht. Zur großen Freude der Jungen und zum Leidwesen der Alten hatten sich die Straßen von Le Panier in Eisbahnen verwandelt, auf denen die Menschen reihenweise stürzten, mit zum Teil schwerwiegenden Folgen.

»Wo bleibst du denn so lange, Domino? Ich habe mir schon Sorgen gemacht.«

»Ich habe auch für Mama eingekauft, sie wartet bestimmt auch schon auf mich.«

Nine nahm den Jungen in die Arme, drückte ihn fest an sich und bedeckte sein Gesicht mit Küssen. Voller Wonne sog Domino den Geruch ihres Parfüms ein, Fleurs de rocaille von Caron. So stand es auf dem Flakon, den sie sorgfältig im Spiegelschrank ihres Schlafzimmers aufbewahrte, gleich neben den Taschentüchern aus Spitze und den Schultertüchern aus Musselin, mit denen sie ihre Erscheinung, die von makellosen Haarknoten und schwarzen, zugleich schlichten und eleganten Kleidern geprägt war, kunstvoll ergänzte. Domino liebte und bewunderte seine Großmutter mehr als seine Mutter, mehr als alles andere auf der Welt.

Er wohnte mit seinen Eltern in derselben Straße, verbrachte jedoch die meiste Zeit bei ihr, seiner Großmutter mütterlicherseits, einer schönen Italienerin mit pechschwarzem Haar, königsblauen Augen und einer Haut, die so weich und weiß war wie das Federkleid eines Schwans. Er vergötterte sie geradezu, und auch sie war ihm innigst zugetan. Sie war die Einzige, die ihn liebkoste, die ihn verwöhnte, die ihn liebte. Doch sie wollte keinesfalls, dass man ihn für ein Mädchen hielt. Er selbst dagegen spürte genau, dass er ein Mädchen war. Und sagten die Leute nicht auch andauernd, er sei »so hübsch wie ein kleines Mädchen«?

2

Und so steht es um den kleinen Dominique: Als Sohn einer italienisch-korsischen Mutter und eines Vaters, der von den Inseln stammt, über denen am frühen Morgen der Duft von Ylang-Ylang und Vanille liegt, kommt er in den 50er-Jahren in Marseille zur Welt. Schon bald wird er Domino genannt. Warum? Vielleicht weil das Wort an die Mischung aus Schwarz und Weiß denken lässt, vor allem aber wohl, weil diese Koseform seines Vornamens durch das Chanson von André Claveau damals in aller Munde war.

Dieser kleine Junge mit den feinen Gesichtszügen, der eine maßlose Schwäche für den modischen Nippes seiner Mutter hatte, war das hässliche Entlein im Viertel Le Panier, wo es keine Zwischentöne gab, wo die Männer wortkarg und männlich zu sein hatten und die Frauen der Inbegriff der Weiblichkeit.

Domino hatte sich für eine Seite entschieden. Mit Jungs war er nicht gern zusammen, für ihre brutalen Spiele und ihre raubeinige Art hatte er nichts übrig. Die Gesellschaft von Mädchen dagegen liebte er, er mochte ihre Zartheit, spielte gern mit ihnen Himmel und Hölle oder Kaufladen. Das Weibliche faszinierte ihn. Er wusste, das war seine Welt. Tief in seinem Inneren war er davon überzeugt, ein Mädchen zu sein. Sehr oft wurde er auch für ein Mädchen gehalten. Und in seiner Unbedarftheit glaubte er, eines Tages würde sich über Nacht eine Wandlung vollziehen und er würde als junges Fräulein aufwachen. Jeden Morgen sah er nach, ob sein Schwänzchen abgefallen war, und um das Ganze zu beschleunigen, setzte er sich beim Pinkeln hin. Er wusste, dass eines Tages, so wie in dem Märchen, aus dem hässlichen Entlein ein bewundernswertes Geschöpf würde. Und hatte nicht erst neulich Madame Scorati, seine bezaubernde Lehrerin, zu seiner größten Freude davon erzählt, dass es auch schwarze Schwäne gab?

3

Bei der Hausarbeit war Domino ganz in seinem Element. Besonders glückliche Stunden verlebte er im Waschhaus, wohin seine Mutter ihn manchmal mitnahm. Unter den Frauen, die dort gemeinsam ihre Wäsche wuschen, herrschte eine Atmosphäre der Sorglosigkeit, der Heiterkeit und der Lebensfreude, in der er sich rundum wohlfühlte. Die Kleidung wurde in einem der beiden Becken eingeweicht, dann mit großen Seifenstücken abgerieben und anschließend im anderen Becken gespült. Domino half beim Auswringen, dann wurde alles in Plastikwannen verstaut und er ging mit den Frauen wieder zurück zu ihren Häusern, wo sie die herrlich frisch duftende Wäsche auf Leinen aufhängten, die über Rollen liefen und auf Höhe jedes Stockwerks quer über die Straßen gespannt waren. Auf diese Weise beflaggt, wirkte das Viertel, wenn auch wohl nur in Dominos Augen, wie ein zum Dorffest herausgeputzter Ort.

Ebenso gern half er bei der Zubereitung der Mahlzeiten. Wenn er Knoblauch und Petersilie hackte und Gemüse putzte, war er ganz in seinem Element. Und er war stolz wie ein Pfau, wenn er das mit Senf bestrichene Kaninchen zum Bäcker tragen durfte, das dort im Ofen schmoren sollte, auf seinem Bett aus Kartoffeln, Knoblauchzehen, Thymian und Lorbeer, üppig mit weißem Landwein übergossen.

Weil er sich überall instinktiv anpasste, seine Vorstellungskraft keine Grenzen kannte und er einen ausgeprägten Optimismus besaß, sah er an allen Dingen nur die angenehmen Seiten. Mit seiner Lebensfreude war er gern gesehen. In der korsischen Gemeinschaft, die dieses malerische Viertel bevölkerte, hatte er seinen festen Platz. Die Frauen vergötterten diesen goldigen Jungen, der so hilfsbereit und aufmerksam war und über alles Bescheid wusste, was gerade in Mode war. In den Augen der Männer war er zwar arg schwächlich und schmalbrüstig, aber sein Ruf als gefürchteter Belotespieler verschaffte ihm, sehr zur Freude von Nine, Bekanntheit über die Grenzen des Viertels hinaus. Daher begegneten ihm auch die Männer mit einem Lächeln.

Schon sehr früh hatte Domino begriffen, dass er nur dann von den anderen akzeptiert wurde, wenn er sie auf den Gebieten übertraf, auf denen sie sich für überlegen hielten. Mit der Zeit hatte er auch einsehen müssen, dass sein Wunsch nach einer Verwandlung sich wohl nicht erfüllen würde, und obwohl ihn diese Erkenntnis bisweilen traurig stimmte, fand er sich damit ab, weil er wusste, dass eine solche Metamorphose für seine Großmutter äußerst schmerzhaft gewesen wäre.

4

In der Schulbildung erkannte er schon bald den Schlüssel, der ihm die Türen zum Wissen und zur Macht öffnen und ihm ermöglichen würde, dem Milieu zu entfliehen, das er nicht als das seine akzeptieren wollte. Er ging für sein Leben gern zur Schule und wechselte als Klassenbester aufs Gymnasium, wo er von Mitschülern umgeben war, von denen kein einziger aus seinem Viertel stammte. Damals besuchten die meisten Kinder die Schule nur bis zum Alter von vierzehn Jahren und traten dann ins Berufsleben ein. Oft geriet Domino ins Träumen, wenn er sah, wie manche seiner neuen Klassenkameraden von ihren Eltern, die jeden Tag gekleidet waren, als wäre es Sonntag, mit dem Auto abgeholt wurden.

Nur den ersten Schultag des Jahres fand er entsetzlich, wenn alle Schüler auf einem leeren Blatt Papier ihren Namen angeben mussten, dazu Geburtsdatum und Geburtsort sowie – das war das Schlimme – den Beruf der Eltern. Er empfand es als quälend und erniedrigend, gegenüber all diesen Söhnen von Ärzten, Lehrern, Ingenieuren, Handelsreisenden und Soldaten zugeben zu müssen, dass sein Vater nur »Kapitänsgehilfe« war, ein in seinen Augen wenig prestigeträchtiger Beruf. Daher dachte er sich schon bald einen passenderen Titel aus: »Hotellerieattaché zur See«. Eine pompöse und völlig frei erfundene Bezeichnung, die bei seinen Schulkameraden Bewunderung und bei seinen Lehrern Stirnrunzeln hervorrief.

Sein Vater war elf Monate im Jahr auf See, und diese langen Abwesenheiten erlebte Domino als einen Segen. Weil er sich durch und durch weiß fühlte, war ihm die Gegenwart seines farbigen Vaters unerträglich. Er war sogar der festen Überzeugung, nicht sein Sohn zu sein, nachdem er sich in seinen Hirngespinsten eingeredet hatte, er sei bei der Geburt vertauscht worden. Wenn jedoch die anderen Jungen in der Schule ihn »Schoko« oder »Bimbo« nannten, konnte er die offenkundige Wahrheit nicht leugnen. Dann bot er dieser Rassistenbrut die Stirn und gab zurück:

»Ich kann wenigstens sicher sein, dass ich der Sohn meines Vaters bin!«

Kinder behandeln ihresgleichen oft grausam, und wer offenkundig aus der Reihe fällt, hat kein leichtes Leben. Mehr als einmal bekam Domino eine Abreibung verpasst, weil er seinem Vater, der ihn ansonsten über alles liebte, zu verstehen gegeben hatte, dass seine Hautfarbe für ihn ein gravierendes Hindernis darstellte.

Als die Familie eines Tages beim Essen saß, bat Domino seine Mutter, am nächsten Tag in die Schule zu gehen, weil die Lehrer die Eltern ihrer Schüler kennenlernen wollten.

»Das übernehme ich«, schaltete sich sein Vater ein.

»Nein, ich will nicht, dass du hingehst.«

»Und warum?«

»Weil du schwarz bist!«

Als Antwort nahm Antoine das Baguette vom Tisch und schlug damit seinem Sohn auf den Kopf, sodass es entzweibrach. Domino erkannte sofort, wie bedrohlich die Lage war, stürzte davon und floh zu seiner Großmutter. Diese musste einige Mühe aufwenden, um Antoine, der ganz außer sich war, wieder zu beruhigen.

So wie er sein Schwarzsein nicht akzeptieren wollte, wollte Domino sich auch nicht mit der Armut abfinden, in der er lebte und in die alle anderen sich schicksalsergeben fügten. Er weigerte sich, den vorgezeichneten Weg einzuschlagen, auf den man ihn drängen wollte, wehrte sich gegen den Eintritt in eine Welt, in der die Mädchen mit siebzehn heirateten und Mütter wurden, in der die Jungs im besten Fall Hafenarbeiter oder Matrosen wurden und sich auf den Kais von La Joliette herumtrieben, und in der auch Prostitution und Kleinkriminalität immer ein möglicher Weg waren.

5

Mit der Zeit wurden die Lektüre und das Lernen für die Schule zu immer wichtigeren Refugien, in die er vor der Banalität des Alltags fliehen konnte. Weder die Scheidung seiner Eltern noch die Trennung von seinen Geschwistern machten ihm über Gebühr zu schaffen. Die Rüstung, die er sich geschmiedet hatte, bot ihm sicheren Schutz. Nur der Tod seiner Großmutter, dieser heiligen, bewundernswerten und so schönen Frau, die eines Tages nach langer Krankheit starb, war für ihn ein entsetzliches Ereignis und warf ihn aus der Bahn.

Unter dem Einfluss der ausgiebigen Lektüre von »Frauenromanen« – der Bücher von Max du Veuzit, Delly oder anderer Liebesromane –, die ihn stets in einem Zustand unendlicher Verliebtheit und voller Erwartungen zurückließen, bildete sich seine Persönlichkeit heraus, die sich immer mehr als zwiefältig erwies und die er geflissentlich pflegte, ohne dass dies seine Familie, die in seinen Augen ohnehin nicht mehr existierte, ernsthaft beunruhigt hätte.

Die Pimmelspiele seiner Schulkameraden interessierten ihn nicht und er weigerte sich, daran teilzunehmen. Doch manchmal stellte er mit Befremden fest, dass er sich zu einigen der jungen, glutäugigen Aufseher hingezogen fühlte. Er selbst sah sich schon seit Langem den erotischen Annäherungsversuchen bestimmter älterer Herren ausgesetzt, die vor Freundlichkeit nur so troffen. Sie widerten ihn zutiefst an, doch er wagte es nie, jemandem davon zu erzählen. Warum war er anders als seine Klassenkameraden, die nur für die Mädchen des Gymnasiums gegenüber Augen hatten?

In Gegenwart von Frauen fühlte er sich wohl, weitaus mehr als unter gleichaltrigen Jungs, mit denen er doch in den zurückliegenden Jahren oft und gern gespielt hatte. Sehr zum Verdruss seines Vaters, der regelmäßig handgreiflich wurde und ihn aus Spielen herausriss, bei denen er durch seine Anmut und seine Beweglichkeit glänzte, wie etwa Himmel und Hölle, Seilspringen oder Puppenküche. Daher erwies er lieber den urwüchsigen und bodenständigen Frauen, die in den 60er-Jahren das Viertel Le Panier bevölkerten, kleine Gefälligkeiten. Die unterschiedlichen Volksgruppen blieben hier zwar größtenteils unter sich, pflegten aber eine ausgesprochen wohlwollende Nachbarschaft.

Die Namen der Gassen, die ein dichtes Netz bildeten – Rue du Refuge, Rue de la Providence, Rue de la Charité, Rue du Puits-du-Denier, Rue des Muettes (hier war er zur Welt gekommen), Rue des Repenties, Montée du Calvaire, Montée du Saint-Esprit (dort lag seine Schule) –, gaben beredtes Zeugnis von dem Leid und dem Elend, das die Bewohner dieses hübschen Marseiller Hügels, der sich im grünlichen

Wasser des Alten Hafens spiegelte, jahrhundertelang hatten ertragen müssen.

Domino liebte seine Heimatstadt, die Stadt von Marius und Caesar, von Raimu und Fernandel, aber auch von Olympique Marseille. Obwohl er sich nicht für Fußball interessierte, ging er doch gern zusammen mit den Älteren aus seinem Viertel ins Vélodrome. Sich fast bis zur Besinnungslosigkeit in der freudig erregten Menge zu verlieren, die wie aus einer Kehle brüllte und nur ein einziges Ziel vor Augen hatte, den Sieg, versetzte ihn in einen rauschartigen Zustand. Begierig fieberte er diesen Momenten der intensiven Verbundenheit mit anderen entgegen, in denen der Einzelne nur ein winziges Teilchen ist, aber eben auch unabdingbarer Bestandteil eines alles überragenden Ganzen.

Eine vergleichbare sinnenbetörende Erfahrung machte er sonntags in der Kathedrale, wo der Weihrauch und die Grabesstille ihm bisweilen zu Kopf stiegen und sich mit morbiden Gedanken vermischten, in denen die Liebe und der Tod sich in trauter Zweisamkeit verbanden.

Noch weniger als die sonntägliche Messe hätte er die Kinovorstellungen am Sonntagnachmittag versäumen wollen. Während die Männer Fußball spielten oder in der Bar des Muettes Karten kloppten – zu dieser Zeit hatte das Fernsehen die beengten Wohnungen noch nicht erobert –, bot das Kino den jungen Ehepaaren des Viertels die heiß ersehnte Gelegenheit, sich für eine Weile von ihren Sprösslingen loszumachen. Der Gemeindesaal diente in diesen Stunden als Kinderhort.

Nach der Wochenschau, den Zeichentrickfilmen und der Pause, in der jene, die nicht ganz so arm waren, sich eine Tüte Minzbonbons leisteten oder, wenn der Monat noch jung oder das Kindergeld gerade ausbezahlt worden war, ein Eis am Stiel, konnten im abgedunkelten Saal endlich alle bei den Schlachten zwischen Cowboys und Indianern mitfiebern, für die sie sich so begeisterten. Die Rothäute waren dabei natürlich die Bösen. In den Reihen mit den Sitzen aus granatrotem Moleskin oder braunem Holz (es gab verschiedene Preisklassen und die billigen Plätze lagen in den vorderen Reihen) erhob sich ein Geschrei und Gekreische, sobald ein Komantsche den schönen blonden jungen Mann zu überraschen drohte, der gleich einem Tex Avery-Wolf die hinreißende junge Squaw mit den Augen verschlang, die am Fluss die Wäsche ihres Stammes wusch. Obwohl Madame Denise, die Besitzerin der Kinos Le Réfuge und Le Provençal, ihr Programm sorgfältig zusammenstellte, gerieten manchmal auch ausgesprochene Schundfilme auf die Leinwand. Dann mussten die braungelockten Köpfchen, die in die Falle geraten waren, *Geliebte des Strafverteidigers*, *Opfergang einer Mutter* oder andere italienische Melodramen über sich ergehen lassen. Domino jedoch liebte diese rührseligen Geschichten, die einen mit den geröteten Augen eines Albinohasen zurückließen und mit einem Lächeln auf den Lippen, das, vor allem nach einem glücklichen Ende, noch einfältiger war als das der verzückten Besucher eines Krippenspiels. Darüber hinaus erlag er dem Sexappeal einer Sophia, einer Gina, einer Sylvana, einer Rita und einer Ava, und identifizierte sich, anders als seine Altersgenossen, mit diesen rassigen Frauen von verhängnisvoller Schönheit, die die Zuschauerinnen beim ersten Anblick verteufelten und denen die Männer für ihr Leben gern einmal begegnet wären.

Auch wenn er seine Kitschromane las, gelang es ihm nicht, sich in die männliche Hauptfigur hineinzuversetzen. Lieber fühlte er sich in die Seele der blonden, jugendlichen Waise ein. Seine Lieblingsgeschichte war Dornröschen, und er glaubte fest daran, dass ihn eines schönen Morgens ein Märchenprinz mit einem Kuss, so sanft wie der Flügelschlag seines Schutzengels, erwecken würde, dem Fluch des schlimmen Schicksals, mit dem eine böse Fee ihn bei der Geburt belegt hatte, ein Ende bereiten und aus ihm wieder die Prinzessin machen würde, die er schon immer gewesen war. Zwar war ihm sehr wohl bewusst, dass diese Sehnsüchte durchaus sonderbar waren, aber er konnte sich nicht erklären, woher diese Fehlgerichtetheit rührte. Irgendwann wurde seine Neugier so groß, dass er mehr wissen wollte. Und er erfuhr, dass Jungen ein X- und ein Y-Chromosom besaßen, Mädchen dagegen zwei X-Chromosomen. Er selbst hätte sich die Kombination XXY gewünscht. Doch das war die der Verbrecher!

6

Alles, was Sexualität betraf, wirbelte in Domino unzählige Fragen auf. Also machte er sich unermüdlich kundig, indem er alles las, was er zu diesem Thema in die Hände bekam. Schon bald stellte die Fortpflanzung der auf Erden lebenden Geschöpfe kein Geheimnis mehr für ihn dar, und in der Schule beeindruckte er die ganze Klasse durch seine Kenntnisse der »Mysterien des Lebens«.

Als er in der neunten Klasse war, fand er Antworten auf einige etwas konkretere Fragen. Zu Beginn des Schuljahres hatte er einen neuen Vertrauten gewonnen. Dieser wusste offenbar weitaus besser als er selbst, wie es in der Welt zuging.

Nachdem sie sich miteinander angefreundet hatten, brachte Patrick ihm Gides *Der Immoralist* nahe, wie auch Malapartes *Die Haut.* Als Patrick sah, mit welcher Unbedarftheit der Junge diese Bücher las, ohne sie wirklich zu verstehen, beschloss er, von der Theorie zur Praxis überzugehen.

Eines Tages stellte er ihm auf dem Heimweg von der Schule einen zwanzigjährigen Mann vor, der geradewegs einem zweitklassigen Western zu entstammen schien. Domino empfand die Gegenwart des Fremden zunächst als peinlich und erlebte dann geradezu einen Schock, als der Cowboy, – der zum Trocknen auf einem Fass gesessen haben musste, so krumm waren seine Beine – Patrick an der Taille packte, ihn in eine Toreinfahrt zog und ihm einen satten Kuss auf den Mund drückte. Vielleicht fürchtete Domino, sein Freund könnte sich im nächsten Augenblick in eine Prinzessin verwandeln – jedenfalls nahm er die Beine in die Hand und rannte, schneller als Zátopek es gekonnt hätte, die Avenue nach Le Panier hinab und flüchtete sich in die heimatlichen Gassen.

Tags darauf wollte Patrick ihm sein Verhalten vom Vortag erklären, doch Domino entzog sich ihm. Nach Schulschluss machte er sich sogar mit jenen Kameraden auf den Heimweg, die in seinen Augen die doofsten waren und die als »BEKs« verspottet wurden. Patrick hatte ihm kurz zuvor verraten, wofür diese Abkürzung stand: »Butter, Eier, Käse«. So war es auf den Schaufenstern der Milchläden zu lesen. Domino fand es ungerecht, einen nützlichen Beruf so abschätzig zu behandeln, ihm war jedoch nicht bewusst, in welch schamloser Weise manche dieser Leute sich während des Krieges bereichert hatten. Der eigentliche Grund für sein Wohlwollen war allerdings, dass es ihm der ausgesprochen gutaussehende Sohn der Milchhändlerin angetan hatte, der gerade seinen Wehrdienst leistete und in seiner blauen Marineuniform äußerst schneidig daherkam.

Die Missstimmung zwischen Patrick und Domino hielt einige Tage lang an. Selbst ihre Klassenkameraden wunderten sich darüber. Erst Dominos Geburtstag, der wie gerufen kam, machte diesem Intermezzo ein Ende. Als der Tag da war, überreichte Patrick seinem Freund wortlos ein Päckchen und drehte sich auf dem Absatz um. Domino machte es erst auf, als er sich nach dem Abendessen in sein Zimmer zurückgezogen hatte. Darin befand sich ein Taschenbuch, auf dessen Einband ein junger Mann in einem langen weißen Gewand zu sehen war, der mit unschuldiger Miene wie entrückt in die Ferne blickte und mit seinen sinnlichen, vollen Lippen ein Gebet zu murmeln schien, das vermutlich kaum Ausdruck der Frömmigkeit war. *Heimliche Freundschaften* – der Titel machte Domino neugierig. Der Autor, Roger Peyrefitte, stand nicht auf dem Lehrplan, weshalb er noch nie etwas von ihm gehört hatte. Er fing sofort zu lesen an. Die Zeit verging. Als es spät geworden war, löschte er, nicht ohne sich überwinden zu müssen, das Licht. Doch trotz der Dunkelheit fand er keinen Schlaf. Eine solche Liebesgeschichte zwischen zwei jungen Männern, so rein, so schön – war das denkbar? War eine solche Verschmelzung erlaubt? Die erste Frage konnte vermutlich mit Ja beantwortet werden, die zweite dagegen sicher nicht. Er schlief unruhig und die Nacht war kurz, und Patrick, da war er sich jetzt sicher, kannte die Antworten auf diese Fragen.

Als er am nächsten Morgen in die Schule kam, eilte er umgehend zu seinem Freund, der sich nicht lange bitten ließ und ihm erklärte, dass die Liebe zwischen zwei Jungen zwar nichts Alltägliches, aber doch auch nichts Ungewöhnliches war. Patrick schloss sogleich einen Schnellkurs in Sachen Sexualität an, bei dem jede seiner Erläuterungen auf Seiten Dominos neue Fragen hervorriefen. Dieser lernte im Laufe nur eines Tages mehr als in all seinen Jahren auf dem Gymnasium. Und er war unendlich erleichtert, als ihm klar wurde, dass er nicht der Einzige war, der sich zu Jungs hingezogen fühlte. Nicht wenig überrascht erfuhr er, dass gleichermaßen ein Mädchen ein Mädchen lieben konnte. Außerdem begriff er, dass solche Liebschaften von der Gesellschaft nicht akzeptiert wurden. Doch erst nach sehr langer Zeit wagte er, nicht ohne zu erröten, eine Frage zu stellen, die ihm keine Ruhe ließ: Wie machten es zwei Männer, wenn sie miteinander schliefen? Die absichtlich unverblümte Antwort zerstörte mit einem Schlag die Hochstimmung, in der Domino den ganzen Tag lang während seiner Initiation geschwebt hatte. Patrick, dem es ein wenig unangenehm war, ihn so erschreckt zu haben, gestand daraufhin ein, dass es bei ihm selbst noch nie so weit gekommen war.

Auf dem Heimweg wäre er mehrfach beinahe von Autos überfahren worden, die er schlicht übersah, so tief war er in seine tausendfältigen Gedanken versunken. Die Zukunft schien ihm düster, und der Selbstmord Alexandres, des jungen Chorknaben aus *Heimliche Freundschaften*, dessen Zeuge er im Fortgang seiner Lektüre wurde, verstärkte seine Zweifel und Ängste nur noch. Er hatte erfahren, was die Mischung zweier Hautfarben bedeutete, hatte die Armut kennengelernt und entdeckte jetzt die Homosexualität.

Beim Einschlafen fragte er sich, wer wohl die böse Fee war, die ihm ein in so vielerlei Hinsicht schweres Schicksal bereitet hatte.

7

Auch andere Jugendliche verspürten also solche Neigungen wie er. Auf einmal verstand er auch die Anspielungen, die er bisweilen auf der Straße zu hören bekam. Sein »Anderssein«, über das man sich lustig machte, gründete nicht nur in seiner Hautfarbe. Oft hatte er gehört, wie seine Mutter ihren Nachbarinnen, die sein Verhalten beunruhigend weibisch fanden, entgegnet hatte, das werde sich »mit der Zeit schon auswachsen«. Auch seine Tante Marinette, die aufgeweckteste Frau im ganzen Viertel (sie hatte zwei Kinder, war jedoch nicht verheiratet), hatte ihm gesagt, seine Art zu gehen sei nicht die eines Jungen, und er müsse das ändern, weil er später sonst »auf der Allee« landen würde. Der Hinweis hatte ihn aufhorchen lassen, auch wenn er nicht verstand, was diese Warnung zu bedeuten hatte. Außerdem fand er es unangebracht, dass eine ledige Mutter, die qualmte wie ein Schlot, sein Verhalten und seine Art zu gehen kritisierte, die doch denen der berückend schönen Fotomodelle der Agentur Catherine Harlé in nichts nachstanden.

Eines Tages jedoch erhellte sich ihm die Warnung vor einem Ende »auf der Allee«. Er erzählte Patrick davon, der natürlich wusste, was damit gemeint war. Die Straße La Canebière, die am Alten Hafen ihren Anfang nahm, verbreiterte sich an ihrem oberen Ende zu einer Allee, die im Schatten ausladender Platanen lag, der Allée de Meilhan. Dort gab es zahlreiche Bars, vor denen sich, auf korbbespannten Stühlen und unter bunten Sonnenschirmen, eine illustre Gesellschaft tummelte, in der sich bei genauem Hinsehen auch ein paar seltsame Vögel ausmachen ließen, die ein schillerndes Gefieder trugen und spöttisches Gezwitscher von sich gaben.

Dominos Leben, das bis dahin so ruhig gewesen war, nahm durch diese Entdeckung eine unerwartete aber durchaus erfreuliche Wendung. Tags darauf eilte er nach dem Unterricht den Boulevard d'Athènes hinab und bog dann mit klopfendem Herzen auf die berüchtigte Allee ein. Dort ließ er sich nicht die kleinste Kleinigkeit des beeindruckenden Schauspiels entgehen, das sich ihm darbot. Schon bald entdeckte er eine Gruppe junger Männer, die mit ihrer Kleidung, ihren Frisuren und ihrem Gebaren an die Playboys aus dem Drugstore denken ließen, wie Jacques Dutronc sie besang, und die »Anzüge von Cardin und Schuhe von Carvil« trugen. Domino beobachtete sie aus der Ferne, wagte aber noch nicht, sie anzusprechen. An den folgenden Tagen kam er zusammen mit Patrick immer wieder hierhier und beobachtete sie, fand jedoch nie den Mut, auf sie zuzugehen.

8

Die großen Ferien rückten näher. Patrick würde wie jedes Jahr mit seinen Eltern auf die Île de Ré fahren, wo die Esel Hosen trugen. Domino würde in Marseille bleiben. Vielleicht konnte er auch zu seiner Tante Adèle fahren, »aufs Land«, wie man damals noch sagte, womit in diesem Fall Saint-André gemeint war, das ganze zwei Kilometer vor der Stadt lag.

Die Straßenbahnstrecke, auf der man dorthin fuhr, verlief entlang der sonnenüberfluteten Hafenkais. Im stahlblauen Meer waren die Îles de Frioul mit dem Château d'If zu sehen, und auf der anderen Seite die hoch aufragenden Schornsteine der Ziegeleien, wo die Arbeiter in ihrer blauen Kluft sich von der rötlichen Erde der Fabrikhöfe abhoben. Mit Begeisterung blickte Domino die Schienen entlang, die von wild wuchernden Gräsern überwachsen waren, und bestaunte die Feigenbäume, die sich an eingefallenen Mäuerchen festklammerten und der Fahrt einen exotischen Beigeschmack verliehen, den vermutlich nur er zu schätzen wusste. Kurz vor der Ankunft hielt er ungeduldig Ausschau nach der üppigen Gestalt seiner Tante Adèle, die wie seine Tante Marinette eine Schwester seiner Großmutter war und ihn jedes Mal an der Haltestelle der Linie 63 abholte. Männer gab es in der Familie seiner Mutter schlichtweg keine mehr. Zwei Kriege hatten dafür gesorgt, dass die meisten von ihnen verschwunden waren oder das Weite gesucht hatten.

Adèle, eine schöne Marseillerin mit einem Herzen so groß wie ein fünfstöckiges Gebäude, verheiratet mit einem Fischer namens Pascal, dem stolzen Besitzer eines Fischerkahns, der im Hafen von L'Estaque vertäut war und den er nur noch für Ausflüge mit der Familie losmachte: Sie vergötterte Domino, vielleicht weil ihr eigener Sohn der verheerenden »Asiatischen Grippe« zum Opfer gefallen war. Und sie lud ihn zu jedem denkbaren Anlass nach Saint-André ein.

Dann war er einige Tage lang der König in dieser Hausgemeinschaft, wo das Wasser am Brunnen geholt werden musste, wo der Waschraum als Schwimmbad genutzt wurde und wo er von seinen hübschen Cousinen Simone und Renée Nähen und Stricken gelernt hatte. Bevor sie zu Bett gingen, steckten sie sich jeden Abend Lockenwickler aus Seidenpapier in die Haare. Domino wollte es ihnen gleichtun, was Tante Adèle jedoch zu verhindern wusste:

»Du hast Haare wie ein Engel. Bei deinen natürlichen Locken brauchst du nicht künstlich nachzuhelfen. Unsere beiden Pimpernellen sind einfach nur neidisch!«

Die Cousinen taten, als seien sie beleidigt, Adèle drückte Domino lachend an ihre ausladende Brust und schickte ihn ins Bett.

Am Samstag durften die Mädchen bis Mitternacht ausgehen, und Domino begleitete sie, wenn sie ins Kino gingen oder in der Nachbarschaft ein Fest besuchten. Seine Tante ermahnte ihn, gut auf seine Cousinen aufzupassen, und diese wussten, dass sie tun und lassen konnten, was sie wollten, und Domino sie niemals verraten würde.

Oft gingen sie mit Onkel Pascal in seinen Gemüsegarten. Domino liebte diesen Ort, vor allem den Geruch der frisch umgegrabenen und gegossenen Beete. Mit größter Freude war er dabei, wenn es darum ging, zu harken und zu schaufeln, die Erdbeeren zu pflücken und zwischen den Kartoffeln Unkraut zu jäten. Die glücklichsten Stunden verlebte er, wenn Pascal sie auf seinem Boot mit hinaus nahm aufs Meer vor L'Estaque oder die Côte Bleue entlang. Sausset-les-Pins, Carry-le-Rouet, La Couronne – diese Namen besaßen für ihn einen magischen Klang und ließen ihn von Chandannagar träumen, von Hongkong, Shanghai und Timbuktu.

Zurück an Land, gingen sie in eine Bar, die ein Cousin von Pascal führte, nahmen dort im Freien an einem der großen, flaschengrünen Holztische Platz und aßen mit dem höchsten Genuss Kichererbsenfladen, die frisch aus der Fritteuse kamen, Seeigel, Seescheiden mit kanariengelbem Fleisch, und *chichis frégis*, süße Beignets, zum Dessert. Manchmal gab es dazu ein *panaché:* eisgekühltes Bier, das mit Limonade aufgegossen wurde.

Domino liebte diese Familie über alles. Was hätte er nicht dafür gegeben, wirklich zu ihr zu gehören!

9

Dieser Sommer würde jedoch nicht wie die vorhergehenden werden. Domino hatte sich gewandelt, seine Begierden zielten in neue Richtungen, und manchmal war er von der Kühnheit seiner Gedanken selbst überrascht. Er ahnte, dass dieser Sommer alles verändern würde.

Wieder und wieder ging er die Allee auf und ab und lernte so allmählich, ohne jemals das Wort an sie zu richten, alle Mitglieder dieses seltsamen Grüppchens kennen, denen es nur auf Eines anzukommen schien: eine makellose Erscheinung abzugeben. Sie mussten ein Vermögen für ihre Kleidung ausgeben, und doch wirkte kein einziges ihrer Stücke neu.

Eines Tages sah er, wie einer aus der Gruppe sich mit seiner Tante Marinette unterhielt. Er trug eine weiße Seemannshose mit grotesk weitem Schlag und einen Matrosenpullover, der so eng war, dass man sich fragen musste, wie er es geschafft hatte, ihn anzuziehen. Domino mutmaßte, dass der junge Mann gleichfalls aus dem Viertel stammte, und machte einen großen Bogen um die beiden. Nachdem er die Allee einige Tage lang gemieden hatte, aus Angst, dem Unbekannten wieder zu begegnen, lief er ihm am unteren Ende der Canebière über den Weg. Wie ein Schiffbrüchiger, der eine treibende Planke zu erhaschen sucht, stürzte er auf ihn zu.

»Guten Tag, ich heiße Domino und würde gerne Ihr Freund werden!«

Der junge Mann zeigte sich nicht im Geringsten überrascht und erwiderte:

»Ich heiße René. Aber alle nennen mich Maryline.«

In der Clique galt ein ungeschriebenes Gesetz: Jeder trug einen frei gewählten, meist weiblichen Vornamen – das war gerade »up to date«. Domino fragte sich schon, welchen Namen er wohl bekäme, als Maryline, ein schöner Dunkelhaariger mit langen, perfekt geschwungenen Wimpern, dichten schwarzen Augenbrauen und einer mit Haarlack gestärkten Strähne, die ihm in die vornehm gewölbte Stirn hing, ihm sagte, dass er ihn schon seit einer Weile beobachtete und wusste, dass er in Le Panier wohnte, und ihm anbot, ihn nach Hause zu begleiten. Ohne zu zögern willigte Domino ein. Das Schicksal hatte ihm einen Gefährten geschenkt, der ihm den Weg weisen würde.

Wie Domino geahnt hatte, wurde dieser Sommer gänzlich anders als alle zuvor. Er war nun sicher, die Schwäne gefunden zu haben, die Geschöpfe, denen er sich zugehörig fühlte, auch wenn seine neuen Freunde eher einem Schwarm buntscheckiger Wellensittiche ähnelten als dem majestätischen Federvieh, mit dem er sie verglich.

Die jungen Leute in der fröhlichen Clique stammten aus den unterschiedlichsten Verhältnissen und kamen aus allen möglichen Stadtvierteln, und sie alle vereinte eine Besonderheit: ihre Homosexualität. Diese Eigentümlichkeit verband sie umso stärker miteinander, als sie sich alle einer verfolgten Gruppe zugehörig fühlten, einer unterdrückten Minderheit. Sie sahen sich in der Rolle der Opfer, was ihnen, da sie ein klein wenig zur Selbstquälerei neigten, durchaus entgegenkam.

Maguy, an dessen richtigen Namen sich niemand mehr erinnern konnte, war der Älteste der Gruppe und wirkte bisweilen sogar wie ihr Anführer. Seine Augen waren azurblau, seine Haare von einem Blond, wie man es selbst im tiefsten Schweden wohl nicht hätte finden können, und er hatte die zwanzig bestimmt schon längst überschritten. Domino bemerkte nicht, dass seine Blässe nicht von einer mutmaßlichen skandinavischen Abstammung herrührte, sondern vielmehr von der dicken Schicht Make-up, die er sich täglich mit Wonne ins Gesicht strich.

Maguy nahm Domino in Augenschein und wandte sich dann an Maryline.

»Wo hast du denn *den* aufgegabelt? Schau doch nur, wie der rumläuft. Und dann diese krausen Haare … ist der vielleicht ein Mischling? Wenn der bei uns bleiben soll, haben wir noch ein ganzes Stück Arbeit vor uns, bis er so aussieht wie ein Mädchen von Catherine Harlé. In dem Zustand sehe ich ihn eher bei Olida.«

Domino wusste, dass Catherine Harlé eine Modelagentur führte. Und er wusste, dass Olida eine Wurstmarke war. Als ringsum Lachen ausbrach, nachdem der weißgesichtige Wikinger seinen Giftpfeil auf ihn abgeschossen hatte, wuchs in Domino die Gewissheit, dass Maguy der Anführer der Clique war. Maryline, der erkannte, wie sehr die Bemerkung Domino verletzt hatte, verteidigte seinen neuen Protegé, indem er darauf verwies, wie jung dieser noch war und dass es ihm in jeder Hinsicht an Erfahrung mangelte. Domino kämpfte mit den Tränen und musste erkennen, dass der Rassismus auch vor diesen Kreisen nicht Halt machte und er sich auch hier würde behaupten müssen.

Als sie am Abend zurück in ihr Viertel gingen, sagte Domino kein Wort mehr. Maryline versuchte ihn aufzumuntern und erklärte ihm, dass ein solches Verhalten nur dazu diente, die Machtverhältnisse klarzustellen, und dass so etwas immer vorkam, wenn Menschen Gruppen bildeten. Maguy hatte nur sein Territorium abstecken wollen, und am nächsten Tag wäre alles wieder vergessen.

»Gegen diese Art von Stress weiß ich ein hervorragendes Mittel«, fügte er hinzu. »Komm, ich zeig's dir.«

Zwischen dem Cours Belzunce und der Post in der Rue Colbert lag eine Brachfläche, auf der zweimal im Jahr ein großer Jahrmarkt stattfand. Jetzt allerdings, im Juli, diente das Gelände als Parkplatz für Omnibusse der öffentlichen Verkehrsbetriebe. Maryline führte Domino hinter eines der Fahrzeuge. Dort, in der Dunkelheit und geschützt von den hohen Metallkarossen, stieß er einen langgezogenen, gellenden Schrei aus. Dann drehte er sich zu Domino um und forderte ihn auf, es ihm gleichzutun. Zögerlich machte der einen ersten Versuch.

Daraufhin nahm Maryline ihn an der Hand und lief hinter einen anderen Bus, wo sie erneut schrien, diesmal schon lauter. Eine Dreiviertelstunde lang ging das so weiter, und die Angst, entdeckt zu werden, vermischte sich auf köstliche Weise mit der Lust daran, sich auszutoben. Eine wahre Schreitherapie.

Mit leuchtenden Augen und vollkommen außer Atem erreichten sie den Fuß der breiten Treppe, die nach Le Panier hinaufführte und die für Domino nun eine symbolische Grenze zwischen der Stadt und seiner Familie bildete, zwischen seinem neuen Leben und seiner Kindheit. Sie trennten sich, nachdem sie sich für den nächsten Tag verabredet hatten, und Maryline sagte ihm noch, er solle seine Badesachen mitnehmen, denn er würde ihm »Carolyn-Beach« zeigen …

10

Am nächsten Vormittag trafen sie sich um elf Uhr am Fuß der Treppe an der Place Sadi-Carnot. Dieser Ort, so hatten sie vereinbart, sollte von nun an ihr fester Treffpunkt sein, denn Maryline war der Ansicht, ihre Familien erfuhren besser nichts davon, dass sie Freundschaft geschlossen hatten.

»Eine, das geht ja noch, ausnahmsweise. Aber zwei, das ist ein Angriff auf die guten Sitten!«

Domino, der noch immer etwas schwer von Begriff war, fragte: »Was meinst du mit ‹eine›?«

»Eine Caroline, eine Schwuchtel, eine Tunte. Solche wie wir eben!«

Zum ersten Mal zweifelte Domino, ob er wirklich einer von ihnen war.

An der Haltestelle, an der der Bus nach Mont Rose fuhr, wo »Carolyn-Beach« lag, würden noch andere aus der Clique zu ihnen stoßen. Leicht verlegen gestand Domino, dass er kein Geld für die Fahrt hatte. Maryline entgegnete lachend:

»Eine Gesellschaftsdame kann ich gut gebrauchen, also geht das auf meine Kosten. Nur eines noch: Deine braune Hose passt nicht so recht zu diesem abgetragenen grauen

Hemd und diesen Turnschuhen, die früher vermutlich mal weiß waren. Also sei bitte so lieb und schau dir an, wie die anderen Jungs sich anziehen, und orientiere dich daran. Ich werde dir auch immer wieder mal Tipps geben, und dann wirst du schon sehen, was wir aus dir machen.«

Diese Hinweise ermutigten Domino. Er wusste es zu schätzen, dass sein neuer Freund sich so um ihm kümmerte, und folgte ihm, in der Gewissheit, dass er niemand Besseren hätte finden können, der ihm den Weg ins Leben wies. Er war fest entschlossen, von all dem, was auf ihn wartete, nicht ein Quäntchen zu versäumen.

An der Bushaltestelle trafen sie zwei andere Jungen, die sie zur Begrüßung auf die Wangen küssten. Sie waren siebzehn oder achtzehn Jahre alt, und der eine hieß Bob und der andere »René d'Aubagne«. Der eine war so blond und männlich, wie der andere dunkelhaarig und feminin war. Beide wollten Domino unbedingt kennenlernen, und alle waren einander vom ersten Moment an sympathisch.

»Ist René ein Adliger?«, fragte Domino einmal, indem er sich diskret an Maryline wandte.

Der konnte sich vor Lachen kaum halten.

»Ach woher, der wohnt nur in Aubagne!«

Noch immer leicht eingeschüchtert, hörte Domino fasziniert zu, wie die anderen von ihren jüngsten amourösen Abenteuern berichteten, und erkannte, dass diese jungen Männer alle auf der Suche nach einem geliebten Menschen waren. Er bekam auch eine Ahnung davon, wie vielfältig und bisweilen sogar gefährlich sich diese Suche gestalten konnte.

Nach einer Weile erreichten sie den Mont Rose, die Endhaltestelle der Buslinie. Als Domino ihn fragend ansah, begriff René d'Aubagne, dass er zum ersten Mal hier war.

»Herzlich willkommen an der Plage des Carolines, oder auf Englisch: ›Carolyn-Beach‹!«

Maryline erklärte, dass sie noch ein Stück gehen mussten, um zu ihrer Lieblingsbucht zu gelangen. Die Straße endete am Fuß von Kreidefelsen, auf denen nur vereinzelt ein paar Erdbeerbäume und Tamarisken wuchsen, die ein wenig Farbe in diese Landschaft brachten, die, wie Bob es formulierte, aussah, als sei sie »direkt der bizarren Vorstellungskraft des genialen Malers van Gogh entsprungen«.

Dann wandte er sich an Domino und erläuterte ihm, dass sie sich durch diesen viertelstündigen Fußweg nicht nur den Aufenthalt an ihrem Zielort verdienen, sondern auch ein wenig Abstand von den anderen, unliebsamen Badegästen gewinnen würden. René d'Aubagne warf daraufhin ein, dass sie, so weit ab vom Schuss, allerdings auch leichtere Beute für die »Scheinheiligen« waren. Domino konnte nicht mehr fragen, was das für Leute waren, denn sie hatten bereits die höchste Stelle des steinigen Wegs erreicht, und jetzt breitete sich vor ihnen ein atemberaubendes Panorama aus. Das schroffe Felsplateau fiel schräg zum Meer hin ab, das so grün schimmerte wie ein Minzdrops, den man lange unter der Zunge hatte zergehen lassen. Der Sonne zu entkommen, war unmöglich, und Abkühlung würde nur ein Sprung ins Wasser bieten.

Die einzigen Geräusche, die die Jungen zu hören bekamen, waren das Geschrei der Möwen, das Rauschen der Brandung und das Tuckern eines Fischerbootes, das von einer Ausflugsfahrt mit Touristen in den Hafen zurückkehrte. Wie Bob erzählte, ging den Fischern kaum noch etwas ins Netz (außer hin und wieder eine Handvoll Grundeln, die in den Gewässern vor Marseille häufig vorkamen, aber ungenießbar waren), weshalb sie sich auf den Tourismus oder die Suche nach Amphoren verlegt hatten. Dann fügte er hinzu, dass Marseille in der griechischen Antike *Massilia* geheißen hatte und der Legende nach von Gyptis und Protis gegründet worden war. Maryline flüsterte Domino ins Ohr, dass Bob mit seinem Schulwissen einfach nicht hinter dem Berg halten konnte, und fuhr mit erhobener Stimme fort:

»Bob, du bist der bezauberndste aller griechischen Viehhirten, und wenn Paris vom Olymp aus herabblickt, rast er bestimmt vor Neid angesichts so vollkommener Schönheit, gepaart mit einer so breitgefächerten Allgemeinbildung. Dabei braucht er dich doch nicht zu fürchten, denn lieber als Helena sind dir die Hellenen ...«

Bob wollte ihm einerseits eine schroffe Antwort entgegenschleudern, konnte aber auch ein Lachen nicht unterdrücken und entschied sich dann für Letzteres. Die ganze Gruppe brach in Lachen aus und suchte sich sodann eine möglichst wenig abschüssige Stelle auf den Felsen, die genug Platz bot.

Während sie in der Sonne dösten, bevölkerte sich das Felsplateau mehr und mehr. Unter Baden, Reden, Lachen, Flirten und dem Verzehr von Thunfischbrötchen verging der Tag wie im Flug. Domino sprach so gut wie kein Wort, beobachtete jedoch alles, was um ihn herum geschah. Nichts entging ihm, alles weckte sein Interesse. Er hoffte, während der Rückfahrt Antworten auf zahlreiche Fragen zu erhalten, doch eines stand jetzt schon fest: Er war glücklich, auch wenn er nicht hätte sagen können, weshalb.

Vom Wohlbefinden überwältigt, schlief er in der Sonne ein. Als er in selige Träume versunken war, weckte Maryline ihn und sagte, sie müssten sich so schnell wie möglich davonmachen. In der Nähe waren Scheinheilige aufgetaucht, und sie konnten nicht warten, bis Bob und René zurückkamen, die sich verzogen hatten, um auf die Suche nach amourösen Abenteuern zu gehen.

Maryline wirkte ziemlich nervös, und während er Domino zur Eile antrieb, erklärte er ihm, dass ein Scheinheiliger ein junger Mann war, der so tat, als wäre er schwul, sich von anderen Jungen anmachen ließ, dann unter einem Vorwand verschwand und kurz darauf mit einer Bande von Rowdys zurückkehrte, die den wartenden Unglücksraben, der schon geglaubt hatte, er habe seinen jungen Apoll erobert, ins Meer warfen. Gewalt und Diebstahl waren bei solchen Händeln an der Tagesordnung, weshalb sie gut daran taten, keine Sekunde zu verlieren.

Domino war schockiert und gestand, dass er nicht schwimmen konnte. Maryline lachte lauthals los und sagte, dass er es dann mal schleunigst lernen solle, denn andere ins Wasser zu werfen war die Lieblingsbeschäftigung dieser Rowdys. Außerdem solle er lernen, schnell zu laufen, weil diese Kleinganoven häufig wie aus dem Nichts auf der Allee auftauchten und die Pechvögel verdroschen, die sie zu fassen bekamen und die in ihren Augen die Männerwelt in ihrer seit Urzeiten herrschenden Würde beschmutzten. Wer sich dafür entschied, anders zu sein, handelte also entweder leichtsinnig oder folgte einer zwingenden Notwendigkeit. Aber war das denn eine Frage der Entscheidung? Domino fragte nicht weiter nach.

Nachdem sie früher als geplant wieder zu Hause waren, schlug Maryline vor, auf der Allee noch etwas trinken zu gehen, um den überstürzten und unangenehmen Aufbruch vergessen zu machen. Als sie dort eintrafen, war ein Teil der Clique schon da. Alle waren in eine hitzige Diskussion darüber vertieft, wo sie am Abend tanzen gehen sollten. Für junge Männer ihres Schlages kamen nur zwei Diskotheken in Frage: das Le Gaulois und das L'Amour. In seiner Unbedarftheit lächelte Domino über diese Namen, als einer aus der Clique namens Fafa ihn aus seinen Rehaugen auf einmal mit dem Blick eines Tigers ansah und voller Verachtung fragte, wer denn »die da« sei. Er begriff zwar, dass mit dieser weiblichen Bezeichnung er gemeint war, wusste aber nicht, was er entgegnen sollte. Fafa deutete Dominos Schweigen als Ausdruck der Loyalität und entschied daraufhin, dass dieser neue Bursche würdig war, in ihren Kreis aufgenommen zu werden.

Maryline beobachtete zufrieden, wie wohlwollend die anderen seinem Schützling begegneten, und ließ sie wissen, dass Domino ein junger Gymnasiast war, dem sämtliche Entdeckungen noch bevorstanden. Als er hinzufügte, dass Domino in jeder Hinsicht ein Neuling war und auch noch keinerlei sexuelle Erfahrungen hatte, erklärten alle lachend, dass sie liebend gerne bereitstünden, um den Neuzugang einzuweihen. Fafa wollte wissen, wie alt er war. Als die Runde erfuhr, dass er erst sechzehn war, wurden die Interessenten deutlich weniger, aber das Gespräch nahm wieder an Fahrt auf, denn jetzt wollte jeder von seinem ersten Mal berichten.

Kurz vor sieben Uhr gab Maryline das Zeichen zum Aufbruch. Es war Zeit, nach Hause zu gehen. Auf dem Rückweg fragte Domino vorsichtig, ob er irgendwann einmal mit in die Diskothek kommen könne. Maryline sagte ihm, dass man dazu einundzwanzig sein musste, und er sich außerdem nicht vorstellen könne, dass seine Eltern ihm erlaubten, nach

Mitternacht noch unterwegs zu sein. Mit dieser rundum vernünftigen Einschätzung war das Thema erledigt.

Als sie am Fuß der Treppen ankamen, die, symmetrisch angelegt, auf zwei Wegen hinauf in ihr Viertel führten, wo sie sich wieder trennen mussten, nahm jeder von ihnen eine andere, obwohl beide doch oben wieder zusammentrafen.

II

Als Domino nach Hause ging, wurde ihm klar, dass ihm auf seinem Weg unzählige Hindernisse im Weg stehen würden. Zu seiner gemischten Hautfarbe, seiner Herkunft aus einer niederen sozialen Schicht und seinem Anderssein in sexueller Hinsicht kam nun noch die Einschränkung durch sein jugendliches Alter. Er dachte wieder an die böse Fee Carabosse, die sich über seine Wiege gebeugt haben musste, ahnte aber bereits, dass diese Mängel sich eines Tages vielleicht in Vorzüge verwandeln könnten. Nicht ohne Grund hieß es doch: »Was uns nicht umbringt, macht uns stark.«

Seit dem Tod seiner Großmutter führte seine Mutter die Bar des Muettes, allerdings mit deutlich weniger Erfolg. Die Stammgäste ließen sich immer seltener blicken und das Lokal schloss auch bereits um 22 Uhr, während seine Großmutter noch die Gäste um ein Uhr morgens hatte vor die Tür setzen müssen. Domino verdrückte eine Träne, als er an die Zauberformel zurückdachte, mit der seine Großmutter dabei jedes Mal den Rauswurf einleitete: »Los jetzt, ab in die Falle!« Als Kind hatte er diese sonderbaren Worte unzählige Male gehört und sich dabei stets gefragt, was das für eine Falle war, in die die Gäste tappen würden, wenn sie die Bar verlassen hatten. Erst nach vielen Jahren hatte er den Ausdruck verstanden. Seitdem sagte er sich jeden Abend beim Zubettgehen die Zauberformel seiner Großmutter vor: »Ab in die Falle!«

Als er nach Hause kam, fragte seine Mutter neugierig, wo er gewesen sei, wartete jedoch seine Antwort nicht ab, sondern wies ihn darauf hin, dass es höchste Zeit war, dass er sich um seine Geschwister kümmerte. Domino hatte drei entzückende jüngere Geschwister, von denen die älteste fünf war, allesamt Kinder seiner Mutter und seines Stiefvaters Jean, und er liebte sie nicht weniger als seine eigenen zwei Brüder und seine Schwester, die er allerdings kaum noch sah, denn sie wohnten mit ihrem Vater in einem der Neubaugebiete nördlich des Stadtzentrums, in einer der Sozialwohnungen, die – welch unvorstellbarer Luxus – allesamt ein eigenes Badezimmer besaßen. In Le Panier wurde nur am »Badetag« eine große Wanne mit heißem Wasser gefüllt. Und Badetag war nur donnerstags und sonntags.

Nachdem er die Kleinen ins Bett gebracht und sich noch einmal vergewissert hatte, dass alle eingeschlafen waren, ging er wieder hinunter ins Nebenzimmer der Bar und aß in aller Eile selbst zu Abend.

Mit dem Kopf war er jedoch woanders, und keine einzige der Fragen, die seine Mutter an ihn richtete, nahm er wahr. Seine Gedanken waren Lichtjahre entfernt, er träumte mit offenen Augen. Dabei konnte er einfach nur den nächsten Tag nicht erwarten. Als seine Mutter ihre Bitte zum dritten Mal äußerte, konnte er dem Klaps, mit dem sie ihn in die Wirklichkeit zurückholen wollte, gerade noch ausweichen.

Es war Zeit, die Bar zu schließen, und diese Aufgabe fiel Domino zu.

Diesen Augenblick, in dem ihm das leere Lokal ganz allein gehörte, liebte er über alles, ebenso wie das anschließende Ritual. Jeden Abend setzte er sich an den Tisch neben der Jukebox und vertiefte sich, in einer Einsamkeit, die nach Sägespänen und einem Gemisch aus Pastis, Magenbitter und Rum roch, in Abenteuerromane, die ihn in weit entfernte Gefilde trugen, bis auf der vorletzten Seite dieses abscheuliche, in fetten Lettern gedruckte Wort erschien: ENDE. Dann war es meist schon sehr spät.

Als er an diesem Abend nach oben in sein Zimmer stieg, kam ihm eine Idee. Vielleicht könnte er ja einmal ausgehen, ohne dass irgendjemand davon erfuhr. Er nahm sich vor, am nächsten Tag Maryline ins Vertrauen zu ziehen.

12

Als sie tags darauf am gewohnten Treffpunkt zusammenkamen, zog Maryline ein missmutiges Gesicht. Aus gutem Grund: Seine Eltern hatten beschlossen, dass die Familie früher als geplant nach Erbalunga fahren würde, das wunderschöne Dorf auf dem Cap Corse, aus dem sie stammten. Natürlich konnte sich Maryline da nicht entziehen. Und weil er bei seiner Ausbildung zum Friseur durch die Abschlussprüfung gefallen war, hatte er sich noch dazu bereit erklärt, den ganzen Sommer lang im Salon des Dorfes mitzuarbeiten. Die Aussicht darauf, den Klageweibern des Örtchens die Haare zu drapieren, stimmte ihn nicht gerade fröhlich, sondern verdross ihn nur noch mehr. Doch mit einem Mal gewann die Heiterkeit wieder die Oberhand über die Enttäuschung, und die beiden Jungen verloren sich lachend in grotesken Fantastereien, in denen der Salon zu einer Teufelshöhle wurde, aus der jede Sünderin, die sich dort einfand, mit platinblondem, feuerrotem oder kohlrabenschwarzem Haar wieder herauskam, das zu einer so wirren Frisur aufgetürmt war, dass BB vor Neid erblasst wäre, oder auch mit einem Haarschmuck à la Juliette Gréco, vorne glatt und hinten abstehend, diesmal allerdings perlmuttfarben. Während sie sich die verrücktesten Kleider und Frisuren ausdachten, lachten sie wie zwei junge Bengel, die einfach nur glücklich waren, dass sie zusammen waren und einander verstanden, und konnten gar nicht mehr aufhören, bis sie schließlich nicht einmal mehr hätten sagen können, was sie so zum Lachen gebracht hatte. Grundloses Glück – auch das kann ein Ausdruck von Freundschaft sein.

13

Auf der Allee, ihrem Hauptquartier, ihrer Hochburg, stießen Maryline und Domino zum Rest der Clique. Dort versuchte jeder, die Aufmerksamkeit der anderen zu gewinnen, der eine durch ein extravagantes Hemd mit rosa Vichymuster, der andere durch eine makellose Emma Bovary-Frisur – allerdings ohne den Haarknoten im Nacken –, wieder andere durch schlagfertige Bemerkungen, in denen sie bravourös Humor und Sarkasmus vereinten. Weil es noch früh war, beschlossen sie, ins Kino zu gehen und Domino mitzunehmen.

Als sie das nahe gelegene L'Étoile betraten, zogen sie sämtliche Blicke auf sich. Auf Dominos Frage, welchen Film sie sehen würden, gaben sie ihm lauthals lachend zu verstehen, dass sie doch nicht wegen des Films hier seien. Er traute sich nicht, weiter nachzufragen. Seit er mit ihnen zu tun hatte, wusste er, dass ihm Schweigen oftmals mehr Antworten bescherte als eine Flut von Fragen. Sie nahmen auf dem Balkon Platz, doch kaum hatte die Vorstellung begonnen, fingen alle an, sich zielstrebig umzusetzen. Domino verfolgte mit einem Auge das Geschehen auf der Leinwand und mit dem anderen das Treiben seiner Freunde, bis er schließlich der Einzige in seiner Reihe war. Selbst Maryline hatte sich weggesetzt.

Weil er nicht wusste, was er sonst hätte tun sollen, versuchte er, der Handlung des Horrorfilms zu folgen, die von nervenzerreißender Spannung war: Die jungfräuliche Heldin wandelte durch die düsteren Räume eines Spukschlosses, und dramatische Musik untermalte ihre Schritte, während sie ihrem grausamen Schicksal entgegenging. Plötzlich spürte Domino eine Hand auf seinem Bein. Verdutzt blickte er auf. Der Mann, dem die Hand gehörte, sah ihn mit durchdringendem Blick an. Verängstigt verkroch er sich so tief wie möglich in seinen Sitz. Doch sein neuer Nachbar schien diese Reaktion nicht zu verstehen, sondern ergriff Dominos Hand und legte sie sich zwischen die Beine.

Puterrot sprang Domino auf und stürzte, am ganzen Körper zitternd, aus dem Saal.

Im Foyer lief er Maryline über den Weg, der sofort erkannte, dass etwas passiert war, und ihm nacheilte, um den Grund für die Aufregung zu erfahren.

Den Tränen nahe, berichtete Domino von dem misslichen Geschehen. Statt Mitgefühl zu zeigen, brach Maryline in Gelächter aus und klärte ihn auf, dass die jungen Männer nur in dieses Kino kamen, um ihre sexuellen Bedürfnisse zu befriedigen. Er selbst hatte gerade etwas mit einem Kerl gehabt und wäre gern wieder hineingegangen, um einen weiteren glücklich zu machen. Aber weil Domino eine so bemitleidenswerte Figur abgab, ging auch er lieber nach Hause. Er musste ja auch noch packen, denn tags darauf würde er nach Korsika abreisen.

Am Fuß der Treppen an der Place Sadi-Carnot küssten sie sich freundschaftlich und vereinbarten, einander wiederzusehen, wenn der Sommer vorüber war.

14

Von einem Tag auf den anderen fühlte Domino sich verlassen. Er nahm sich vor, die Clique zu meiden, bis Maryline zurück wäre. Zum ersten Mal lastete die Einsamkeit schwer auf seinen Schultern. Wie sollte er die Ferienmonate verbringen, ohne sein Alter Ego, ohne den Menschen, der ihn verstand, der dieselben Wirrungen durchlebte, dieselbe Unruhe verspürte wie er und ihm während seiner Lehrjahre des Herzens beistand? Würde nun der Alltag, der plötzlich allzu banal, ja mühsam erschien, seine Rechte einfordern und wieder die Oberhand gewinnen?

In gewisser Weise kam es so, denn kurz nach Marylines Abreise lief Domino seiner Tante Marinette in die Arme, die voll Freude darüber, ihn zu sehen, ein paar Münzen aus ihrem Portemonnaie fischte und ihn in den Tabakladen in der Rue du Refuge schickte, wo er ihr helle Zigaretten holen sollte. Weil das Monatsende näherrückte, stand sie bei allen Tabakhändlern im Viertel in der Kreide und keiner war bereit, ihr noch weiter Kredit zu gewähren. Daher blieb ihr nur, jemand anderen mit dem Kauf ihrer über alles geliebten Camel Filter mit dem golden leuchtenden Mundstück zu beauftragen.

Die Ladenbesitzer und die Bewohner des Viertels pflegten innige Beziehungen. Anschreiben zu lassen, war an der Tagesordnung, und das Wort galt so viel wie eine notarielle Beurkundung. Unzählige Male hatte Domino die Demütigung erdulden müssen, die es bedeutete, ohne Geld Besorgungen zu machen, allein mit dem Versprechen, dass »Mama alles bezahlen wird, sobald das Kindergeld da ist«. Die meisten der Familien, die alle bis zum Hals in Schulden steckten, waren bemüht, sich nichts anmerken zu lassen. Nur die gute Laune und die Freude am Leben hatten hier das Bürgerrecht! Und so gab trotz aller Außenstände und leerer Sparstrümpfe jede Feier dazu Anlass, kulinarische Köstlichkeiten aufzutürmen, sich neu einzukleiden und die Wirklichkeit zu verschleiern. Jede Familie wollte zeigen, dass alles zum Besten stand, auch wenn es mehrmals pro Woche zum Abendessen nur eine Schale Milchkaffee und Butter- oder Margarinebrote gab. Und man musste listig sein, um jene Geschäfte zu meiden, deren Inhabern man am meisten schuldete. Im Spiel mit Ausflüchten und Entschuldigungen erwiesen sich vor allem die Kinder als wahre Meister. Ihre Vorstellungskraft gedieh dadurch prächtig, aber die Welt der Erwachsenen erschien ihnen, ohne dass sie sich dessen bewusst waren, in durch und durch pessimistischem Licht. Ihr Überlebensinstinkt wurde stärker, allerdings auf Kosten der Unbeschwertheit ihrer jungen Jahre.

Wie die anderen Kinder aus Le Panier und viele Kinder aus der dritten Welt besaß auch Domino diesen Blick, der Außenstehende fasziniert, und diese leuchtenden Augen, die Baudelaire als »reine Spiegel voll ewiger Klarheiten« beschreibt. Und Marinette wusste, sie sich zunutze zu machen!

15

Der Sommer schleppte sich dahin und wollte einfach kein Ende nehmen. Domino ging kaum noch vor die Tür, sehr zum Leidwesen seiner Mutter Clairette. Er blieb zu Hause und verbrachte seine Zeit fast ausschließlich mit dem Lesen und Wiederlesen sämtlicher Bücher, die er in die Finger bekam. Nur auf den Markt begleitete er seine Mutter. An dieser Abwechslung, die sich ihm zweimal die Woche bot, hatte er die größte Freude. Sie machten sich immer gegen elf Uhr auf den Weg, denn je näher die Schließung um dreizehn Uhr rückte, desto tiefer fielen die Preise. Einem eingespielten Ritual folgend gingen sie langsam durch die Straßen zu beiden Seiten der Canebière und hielten Ausschau nach Gemüse, das möglichst frisch und möglichst günstig war. Clairette kannte sämtliche Gemüsebauern und wusste auch, welche die anständigsten waren. Nie ließ sie sich von einem Augenzwinkern oder den billigen Komplimenten der Viktualienhändler täuschen, die um die Wette schreiend ihre Ware anpriesen, um die Kunden anzulocken. Ebenso wenig von den Fischhändlerinnen in den Halles Delacroix, die stolz verkündeten, wie frisch ihre Fische seien, und sie dabei stets unauffällig mit reichlich Wasser bespritzten. Wenn eine Kundin sie darauf ansprach, behaupteten sie dreist, die Fische kämen geradewegs vom Kutter und seien noch am Leben, und da gebiete es doch allein schon die christliche Barmherzigkeit, sie mit Meerwasser zu versorgen!

Domino liebte dieses Theater, die unverblümten Wortwechsel, die intensiven Gerüche, die Farbenpracht und die überladenen Verkaufsstände, die ihm für kurze Zeit die Flucht in eine andere Welt ermöglichten.

Auf dem Rückweg gingen sie, die gut gefüllten, schweren Einkaufskörbe in der Hand, den Cours Belzunce entlang, vorbei an den Verkaufsständen der Fischhändler, auf denen sich die Meeresfrüchte türmten und einen durchdringenden Geruch nach Salzwasser verströmten, und an den vollbesetzten Cafés, die sich auf einer Strecke von über zweihundert Metern aneinanderreihten und bei denen nur die Farbe der korbbespannten Stühle auf dem Trottoir erkennen ließ, wo das eine Lokal endete und das nächste begann.

In der Pizzeria am Anfang der Rue d'Aix legten sie jedes Mal eine Pause ein und aßen dort im Stehen ein Stück von der – wie der Wirt behauptete – besten Sardellenpizza in ganz Marseille. Einmal trafen sie beim Verlassen des Lokals auf ein paar Jungen aus der Clique von der Allee. In schreienden Farben gekleidet und geschminkt wie Kirmespferde, zogen sie lärmend vorüber und erregten so die Aufmerksamkeit der Passanten.

Domino senkte den Blick und flehte zum Himmel, dass keiner von ihnen auf die Idee käme, ihn zu grüßen. Als sie seine betretene, ja beunruhigte Miene bemerkten, erkannten sie die Lage sofort. Alle taten, als hätten sie ihn noch nie gesehen. Nur der vorlaute Maguy konnte sich nicht zusammenreißen und rief: »Was ist denn das für ein süßes Lämmchen?«

Als Clairette begriff, dass damit Domino gemeint war, ging sie hastig weiter, zeigte mit dem Finger auf das Grüppchen und sagte laut und deutlich:

»Wenn mein Sohn ein solcher Schwuli wäre, würde ich ihn mit eigenen Händen im Schlaf umbringen.«

Als Domino sich vorstellte, wie seine Mutter, gleich einer rachsüchtigen und rasenden Tosca, mitten in der Nacht im Morgenmantel und mit gezücktem Messer auf das Sofa zusteuerte, auf dem er in tiefem Schlaf lag, kamen ihm vor Lachen die Tränen – was sie ein wenig aus der Fassung brachte.

»Es freut mich, dass dich das so amüsiert«, sagte sie und betrachtete ihn, als sähe sie ihn zum ersten Mal.

16

In den folgenden Tagen erwuchs in Domino der leise Verdacht, dass Clairette ihn heimlich beobachtete. Doch diese vage und leicht beunruhigende Ahnung wurde schon bald von den Sorgen des Alltags sowie vor allem vom Beginn des neuen Schuljahres überdeckt, der wie jedes Jahr in dieser kinderreichen Familie einem Erdbeben der Stärke 7 auf der Richterskala gleichkam. Clairette hatte mittlerweile sieben Kinder, und gewisse Anzeichen ließen vermuten, dass das achte bereits unterwegs war.

Doch wie jeden Herbst war auch diesmal das Budget wohl oder übel beschränkt. Domino hatte ein schlechtes Gewissen, weil er seine Familie finanziell nicht unterstützen konnte, während andere in seinem Alter schon ins Berufsleben eingetreten waren. Sein Vater hatte beschlossen, dass er die Universität besuchen sollte. Mehr als einmal hatte Antoine seiner Exfrau versichert, er werde alle erforderlichen Opfer bringen, um dieses große Vorhaben zum Erfolg zu führen. Weil Domino in der Schule stets geglänzt und zum Jahresende einen ersten Preis oder eine Auszeichnung erhalten hatte – in rotes Maroquinleder gebundene Bücher, die Antoine voller Stolz auf der Anrichte im Esszimmer drapierte, zwischen dem Katalog des Versandhauses Manufrance und dem illustrierten Wörterbuch von Larousse –, ließ er sich nicht von seiner Idee abbringen. Sein Sohn sollte in der Familie der Studierte sein.

Dieses Jahr hatte er den Bücheraltar, der die Leistungen seines Sprösslings feierte, um zehn Ausgaben des *Provençal* erweitert. Weil Domino die Prüfungen zum Abschluss der Mittelstufe erfolgreich bestanden hatte, stand sein Name schwarz auf weiß in Antoines Lieblingszeitung. Das war die wertvollste Belohnung und auch die erfreulichste Anerkennung, die es in dessen Augen gab.

All diese Erwartungen, Zukunftsperspektiven, Wunschvorstellungen und Hoffnungen bereiteten Domino ausgesprochenes Unbehagen. Für ihn gab es nichts Schlimmeres, als andere zu enttäuschen, und der Weg, den er einschlagen wollte, schien so ganz anders als jener, den seine Familie für ihn vorgesehen hatte, ja geradezu unvereinbar damit. Oder, wie ein Dichter es einmal ausdrückte: »Mit siebzehn hat man nur Flausen im Kopf.«

Sehr bald wurden diese schwermütigen Gedanken jedoch von der freudigen Erregung des bevorstehenden Schulanfangs verdrängt, von der Erwartung, Patrick wiederzusehen und seine Erzählungen von der Île de Ré zu hören, und von der Vorfreude über das Wiedersehen mit Maryline, den er so sehr vermisst hatte. Der Geruch der neuen Bücher, der Stolz, mit dem er anstatt des braunen Lederranzens, der ausgedient hatte, eine Plastikmappe mit Reißverschluss vor sich her trug, das Gefühl des Spiralblocks in seinen Händen, die Schnellhefter, die Kugelschreiber in den unterschiedlichsten Farben, die gesamte Schulausstattung, die symbolisch für den Herbstanfang stand, diese Jahreszeit, die ihm von allen die liebste war – all das ließ ihn einen Hauch von Neubeginn spüren. Diese Zeit war für ihn der eigentliche Jahresanfang, weitaus mehr als der erste Januar oder der Frühling. Die Veränderungen, die Hoffnung auf die Verwirklichung seiner hochfliegendsten Träume, die Hoffnung auf das Unverhoffte, dazu seine eigene Erwartungshaltung – wahrscheinlich war all das gemeint, wenn von der Jugend die Rede war, und es beflügelte ihn mit nie gekanntem Schwung. Dieses Jahr wäre alles möglich!

17

Der Schulanfang brachte zahllose Überraschungen und Neuerungen mit sich. Domino gingen Tausende Kleinigkeiten durch den Kopf, die er Patrick erzählen wollte, aber dessen sommerliche Abenteuer erwiesen sich als weitaus spannender. Im dem kleinen Wäldchen von Trousse-Chemise hatte er sich mit dem jungen Cowboy aus Marseille vergnügt, der ihm, ohne dass seine Eltern davon erfuhren, nachgereist war. Auf dieser Insel, die er so liebte, waren sie ein Liebespaar geworden, und während der gesamten drei Wochen, die Michel sich dort aufhielt, war jede Ecke, die sich ihnen bot, zum geheimen Schauplatz ihrer ungestümen Umarmungen geworden. Der Besucher weihte den noch Unbedarften in die Kunst der Liebe ein und lehrte ihn alle Sinnesfreuden, die der Körper bereiten konnte, und die die unzähligen erotischen Bücher, die ihnen in die Hände geraten waren, nie hatten vermuten lassen.

»Hast du denn keine Angst gehabt? Hat es denn nicht wehgetan?«, fragte Domino besorgt.

»Angst? Wehgetan? Nicht eine Sekunde lang. Ich fühlte mich wie eine Geige, die ein Virtuose mit seinem Bogen zum Schwingen bringt. Dabei erklang keine einzige falsche Note, und seit ich zurück bin, kann ich es gar nicht mehr erwarten, ihn wiederzusehen. Das wird nicht leicht, denn er studiert und wohnt noch bei seinen Eltern, aber wir werden schon eine Lösung finden. Das heißt, Michel wird eine Lösung finden. Du weißt ja, wie meine Eltern sind, in Marseille lassen sie mich nicht einfach so allein ausgehen, so wie in den Ferien.«

Seine Eltern waren in der Tat sehr streng und ließen ihn nur gelegentlich allein ausgehen. Nur einmal in der Woche schickten sie ihren Sohn in die Stadt, wo er in einem Delikatessenladen Erdnussbutter von Dakatine und Orangenkonfitüre von Dundee kaufen sollte, was für Dominos Empfinden der Gipfel der lukullischen Raffinesse war.

Patrick wiederum, der Domino um seine Freiheit beneidete, zitierte oft die Fabel »Der Wolf und der Hund« von La Fontaine, um ihm zu veranschaulichen, dass nicht derjenige der Glücklichere war, den Domino dafür hielt. Er konnte ihn allerdings nur schwer überzeugen, denn ein Halsband, zumal eines aus Diamanten, hätte dem jungen Wolf durchaus gefallen.

»Mir scheint, deine neuen Freundschaften haben dich verändert«, fügte er hinzu.

»Findest du?«

»Du wirkst selbstsicherer und glücklicher. Hast du Maryline schon wiedergesehen?«

Nein, er hatte ihn noch nicht wiedergesehen, denn der Unterricht in der Friseurschule begann erst wieder im Oktober. Nur eine Postkarte aus Erbalunga hatte ihn erreicht, auf der Maryline schrieb, dass er die Rückreise kaum erwarten könne. Oftmals hatte Maryline davon erzählt, wie sehr er den Moment genoss, wenn er nach der kurzen Nacht der Überfahrt bei Tagesanbruch aufs Vorschiff ging und ihn dort, von der morgendlichen Brise herbeigetragen, die Wohlgerüche der »Insel der Schönheit« umwehten, noch bevor deren Umrisse zu erkennen waren. Diesen magischen Augenblick hatte Domino nachempfunden, als er den Briefumschlag öffnete, und er hatte sogar geglaubt, dabei den Duft der Macchia in der Nase zu verspüren. Erst da war ihm klar geworden, wie sehr Maryline ihm fehlte.

Ja, dieser Sommer hatte ihn ohne Zweifel verändert. Und Patrick hatte das messerscharf erkannt.

Wie jedes Jahr zu Schulbeginn wechselten die Lehrer, neue Schüler kamen hinzu, einige gingen auf andere Zweige, und der ein oder andere wiederholte die Klasse. Dadurch verschoben sich die Verhältnisse in der Klassengemeinschaft, und Patrick und Domino versuchten, sich in dem neuen Gefüge einen vorteilhaften Platz zu sichern. Dazu teilten sie ihre Klassenkameraden insgeheim in zwei Gruppen: die Streber und die Sportler, also jene, die in den ersten Reihen saßen, und jene, die sich ihre Plätze weiter hinten suchten. Patrick machte sich bei Ersteren lieb Kind, und Domino sorgte bei Letzteren regelmäßig für Gelächter, weil er selbst bei den simpelsten Leibesübungen eine grenzenlose Unfähigkeit an den Tag legte. Diese Strategie wandten sie seit der sechsten Klasse gewinnbringend an.

Dieses Jahr geriet jedoch zum ersten Mal ein Sandkorn in ihre gut geölte Maschinerie. Ein Neuer, der von auswärts kam (aus Lyon) und schon etwas älter war (er musste mehrmals sitzen geblieben sein), brachte alles durcheinander. Er hieß Lebœuf, und um von vornherein allen spöttischen Bemerkungen mit Bezug auf seinen Namen den Wind aus den Segeln zu nehmen, präsentierte er eines Tages in der Pause voller Stolz und mit einer perversen Lust sein Gemächt und rief: »Ich heiße Lebœuf, aber ich bin bestückt wie ein Stier!«

Die Klasse brüllte vor Lachen – und Lebœuf hatte sie in der Hand. Patrick und Domino wandten sich verärgert ab und nannten ihn daraufhin nur noch »das große Kalb«. Ihnen war klar, dass ein unvermeidlicher Konflikt ins Haus stand.

»Zwei Krabben sind zu viel für einen Korb«, bemerkte Domino einmal verdrossen.

»Viel mehr hat stets Geduld und Zeit als roher Eifer ausgerichtet«, entgegnete Patrick, zwar gleichfalls genervt, aber doch auch nachdenklich.

Wenige Tage später kam es zu einem Zwischenfall. Das »große Kalb« war zum Klassensprecher gewählt worden und teilte in seiner neuen Funktion jedem Schüler einen Platz zu. Nicht ohne Hintergedanken verbannte er dabei seine beiden Widersacher, die ihm seine Machtposition streitig machen wollten, in die letzte Reihe. Mit aller Herablassung und allem

Sarkasmus, derer er fähig war, gab Patrick ihm zu verstehen, dass er diese Entscheidung nicht akzeptierte.

Lebœuf, der vor der versammelten Klasse sein Gesicht wahren wollte und zu einer scharfsinnigen Antwort nicht das Zeug hatte, ging ganz nach Art eines Grobians vor: Er stürzte sich auf Patrick, und bevor irgendjemand dazwischengehen konnte, hatte er dem Aufmüpfigen zwei äußerst brutale Faustschläge versetzt.

Mit geschwollenen Augen geriet Patrick ins Taumeln und wurde nur vor Schlimmerem bewahrt, weil unverhofft ein Sportlehrer hereinkam, der den wildgewordenen Büffel bändigte, in den das »große Kalb« sich verwandelt hatte. Wie nicht anders zu erwarten, wurde der Übeltäter auf der Stelle nach Hause geschickt und schon bald darauf der Schule verwiesen. In Sachen Disziplin kannte man am Lycée Victor-Hugo kein Pardon. Trotz der Schlägerei waren die beiden Freunde letztlich erleichtert, dass die Sache so ausgegangen war.

Doch schon bald bekam ihre traute Zweisamkeit erste Risse, als hätte eine böse Fee sich zum Ziel gesetzt, die beiden in diesem Jahr zu trennen. Als Patrick sich immer distanzierter gab, fragte Domino ihn nach einigen Tagen, was ihn beschäftigte.

»Meine Mutter muss ins Krankenhaus und sich dort einer kleinen Operation unterziehen. Mein Vater sagt nur, dass sie ein paar Tage weg sein wird, aber mehr ist nicht aus ihm herauszukriegen. Wahrscheinlich glaubt er, wir sind noch zu jung, um Genaueres zu erfahren.«

Diese Worte ließen Domino ahnen, wie schwierig das Verhältnis zwischen Patrick und seinem Vater war, er wagte jedoch nicht, weiter nachzufragen.

Eine Woche war vergangen. Patrick zeigte sich deutlich entspannter und berichtete Domino, dass es seiner Mutter besser ging und sie in einer Woche wieder nach Hause käme.

»Morgen soll ich wie jeden Mittwoch in den Delikatessenladen gehen, in dem wir auch schon einmal zusammen waren, und dort Dakatine und bittere Orangenkonfitüre kaufen.« Natürlich konnte Domino sich noch gut daran erinnern: die Dakatine, eine Sorte Erdnussbutter, die nur dieses Geschäft führte, und daneben zahlreiche andere Lebensmittel, die nicht weniger exotisch und vor allem sagenhaft teuer waren.

»Ich wollte dich fragen, ob du das für mich übernehmen und mir dann die Sachen nach Hause bringen könntest. Dann könnte ich Michel zu mir einladen. Mein Vater kommt erst um sieben Uhr nach Hause, und so hätten wir endlich wieder einmal Zeit für uns. Würdest du das machen?«

Domino hatte für den Buffalo Bill aus dem Norden der Stadt nicht viel übrig – aber konnte er Patrick eine Bitte abschlagen? Er sagte zu und war sogar ein bisschen stolz darauf, dass sein Freund ihm auf diese Weise sein Vertrauen bewies.

18

Tags darauf nach dem Unterricht erfüllte Domino seinen Auftrag und ging in den Lebensmittelladen. Dort lagen, vermengt mit Gerüchen, die ihm völlig fremd waren, die Düfte seltener Teemischungen in der Luft, mit Rosenwasser parfümierter Lokum sah verächtlich auf glasierte Kastanien herab, die sorgfältig in Förmchen aus Goldpapier drapiert worden waren, und Süßwaren aus aller Herren Länder lockten mit

Bezeichnungen, die die Reiselust weckten: Konfitüre aus Dundee, Spekulatius, Vanilleschoten von La Réunion, Plumpudding, Honigstangen, Dakatine ...

Wenn Domino sich in dem Laden umsah, konnte er seiner Fantasie nach Herzenslust freien Lauf lassen. Doch diesmal hielt er sich nicht wie sonst bei der Uniform der Inhaberin auf, deren Schürze sie wie eine Verkäuferin aus dem England der Jahrhundertwende wirken ließ, und auch nicht bei dem ehrwürdigen Alter der Dame, das bei den Jungen jedes Mal für Heiterkeit sorgte, und auch nicht bei ihrem Make-up, das einer Hollywoodschauspielerin würdig gewesen wäre und ihr den Anschein verlieh, als sei sie geradewegs dem Film *Ziegfeld Follies* entsprungen.

Diesmal hatte Domino etwas anderes im Sinn: Er wollte so rasch wie möglich bedient werden und Patrick die Einkäufe nach Hause bringen.

Als dieser ihm die Tür öffnete und ihm mit zerzausten Haaren und offenem Hemd gegenüberstand, verspürte Domino nur einen Impuls: ihn so schnell wie möglich wieder allein zu lassen. Er hatte erkannt, wie leidenschaftlich die Zusammenkunft mit dem »American lover« sein musste.

19

Als Patrick am nächsten Tag nicht zur Schule kam, war Domino der einzige, dem das auffiel. Nachdem er auch am dritten Tag nicht wieder aufgetaucht war, gab es für Domino nur eine Erklärung: Ihm musste etwas Schlimmes widerfahren sein. Ein dumpfes Gefühl der Angst beschlich ihn.

Doch dann lenkte ihn Marylines Rückkehr nach Marseille von dieser Sorge ab. Er hatte Domino überrascht, indem er plötzlich vor dem Schultor stand, sich dann aber diskret gezeigt und ihn erst eingeholt, als er den Boulevard hinunter zur Porte d'Aix ging, weil er wusste, wie sehr Domino fürchtete, die Welt könnte von seiner Neigung erfahren. Diese Vorsicht konnte er nur zu gut nachvollziehen, denn auch ihm war es lieber, wenn im Geheimen blieb, dass er sich zu Jungen hingezogen fühlte.

Sein Teint von der Farbe eines Honigkuchens, seine »braun-rot-blonden« Haare und dazu etwas Ungreifbares, das ihn umgab, ließen seine haselnussbraunen Augen golden schimmern. Domino war gebannt von so viel Schönheit.

»Du bist noch schöner als vor den Ferien. Deine Augen sehen aus, als wären sie voller Goldkörnchen.«

Seine Unbedarftheit grenzte bisweilen an Einfalt. Maryline konnte nicht umhin, ihn aufzuklären.

»Du hast überhaupt nicht gemerkt, dass ich leicht geschminkt bin. Es ist aber auch wirklich raffiniert gemacht, nur ein bisschen Kajal unterhalb der Wimpern. Aber du darfst nicht immer alles, was du siehst, für bare Münze nehmen, mein Gutster, sonst stehst du bald überall als Trottel da. Mir scheint, ich muss dich wieder ein wenig an die Hand nehmen. Der Sommer hat dir wirklich nicht gut getan.«

»Nachdem du weg warst, bin ich nicht mehr ausgegangen und habe auch keinen der Jungs aus der Clique mehr getroffen. Ohne dich wäre es einfach nicht so schön gewesen.«

Die Offenherzigkeit seines Schützlings rührte Maryline, und ihm wurde klar, dass er ihn würde leiten müssen. Ihm selbst würde die Rolle des großen Bruders zufallen, eine Aussicht, die ihm durchaus gefiel.

»Bis Weihnachten mache ich aus dir den schicksten Kerl deiner Schule. Als Erstes müssen diese gekräuselten Haare weg. Du kommst zu mir in die Friseurschule, und dann glätte ich sie dir. Umsonst, weil du ja sozusagen mein Modell bist.«

»Mannequin? Das war schon immer mein Traum«, entgegnete Domino lachend.

»Und heller machen wir dir die Haare auch.«

»Kommt überhaupt nicht in Frage! Ich will keinen Blondschopf.«

»Keine Sorge, das wird eher eichhörnchenfarben. Dann bekommst du endlich die Hauptrolle im *Nussknacker!*«

Bei der Vorstellung von Domino als einem Eichhörnchen, das auf einer Opernbühne zu einem Pas de deux ansetzte, konnten sie sich vor Lachen nicht mehr halten, und während sie ihrer von Tieren bevölkerten Fantasie freien Lauf ließen, hatten sie bald die große Treppe an der Place Sadi-Carnot erreicht. Schon war es wieder Zeit, sich zu trennen.

Einige Tage darauf erfuhren Domino und seine Klassenkameraden, dass Patrick nicht mehr zurückkommen würde. Sein Vater hatte beschlossen, ihn auf ein Internat in die Schweiz zu schicken. Eine plötzliche Entscheidung, die Domino nicht nachvollziehen konnte. Er überlegte, welchen Grund sie wohl hatte, kam aber zu keinem plausiblen Ergebnis. Trotz seiner Ratlosigkeit traute er sich nicht, bei Patricks Eltern zu klingeln und sie zu fragen, und auch Maryline riet ihm nachdrücklich davon ab.

20

»Wackel nicht dauernd mit dem Kopf, sonst kleckere ich dich noch ganz voll!«

»Bist du sicher, dass das hinhaut?«

»Ruhe jetzt, und ab unter die Haube. Ich weiß schon, was ich tue, ich bin ja kein Anfänger mehr. Ende nächsten Jahres wiederhole ich die Abschlussprüfung. Und du schlüpfst jetzt in diesen roten Umhang und bleibst zwanzig Minuten unter dem Toaster.«

Unter diesen topmodernen, schnittigen Trockenhauben erwärmten die Schüler in der Mittagspause ihre Pizza, ihre Quiche oder ihren Croque-Monsieur, was schon bald zur Umbenennung der Geräte geführt hatte.

Domino musste lachen und erzählte Maryline davon, wie er beim letzten Versuch, seine Haare zu glätten, von seiner Mutter überrascht worden war, auf allen vieren vor dem Ofen kniend, den Schopf voller Metallklammern und den Kopf im Backrohr, damit die Haare schneller trockneten.

Nicht wenig beeindruckt flüsterte der junge Figaro ihm ins Ohr:

»Du bist doch wirklich ein verrücktes Huhn! Sogar noch verrückter als ich!«

Damit drehte er sich um und ging, die Hände vor der Stirn wie eine verzweifelte Diva, zu einer Kundin, die geduldig darauf wartete, dass sie an die Reihe kam. Weil die Schule ihre Leistungen gratis anbot, fanden sich dort zahlreiche Kundinnen unterschiedlichster Couleur ein und gaben sich bereitwillig in die Hände der Schüler, die sich unter den – mehr oder weniger aufmerksamen – Blicken ihrer Ausbilder um sie kümmerten.

Domino blätterte ein paar Magazine durch, ließ sich dabei aber nicht das geringste Detail des Schauspiels entgehen. In dem großen, hellen Raum machten sich Schüler in weißen Jacken an Damen zu schaffen, die mehr oder weniger angespannt wirkten, während andere, die schwarze Jacken trugen und wahrscheinlich im ersten Ausbildungsjahr waren, das Haar von Zelluloidköpfen, die geradewegs aus dem Labor von Professor Guillotin zu stammen schienen, in Wellen zu legen versuchten. Die Geruchsmischung aus Ammoniak, billigem Haarspray und Eiershampoo verlieh diesem femininen Reich einen Beigeschmack des Gekünstelten, der Domino nicht unsympathisch war. Die Lehrer, allesamt maßlos geschminkt und mit höchst raffinierten Frisuren, verbreiteten eine leicht unwirkliche Atmosphäre, die ihn an interstellare Welten erinnerte. Für eine Weile hatte er den Eindruck, er sei auf die Kommandobrücke des Raumschiffs Enterprise gebeamt worden. Doch dann holte ihn ein intensiver Geruch nach verbranntem Haar in die Wirklichkeit zurück: Unter einem Trockner hatte ein Toupet Feuer gefangen.

Das Ergebnis seiner eigenen Behandlung stellte ihn vollauf zufrieden. Bei ihm zu Hause bemerkte niemand den auffällig kastanienbraunen Farbton, den seine Haare angenommen hatten, ebenso wenig wie seine neue Frisur: vorne glatt und hinten gekräuselt. In der Schule dagegen blieb diese Verwandlung nicht unbeachtet. Die meisten seiner Kameraden fanden den Look »rock and roll«, ja sogar »krass transgressiv«. Seine Kühnheit in Sachen Frisur ließ einen rebellischen Zug an ihm hervortreten, den manche schon immer geahnt hatten und den er gerne zur Schau stellte. Bei dieser Gelegenheit begriff er, dass, wer von anderen akzeptiert werden wollte, zunächst sich selbst akzeptieren musste.

Dennoch vermisste er Patrick. Auch er hatte ihn bei seiner Suche unterstützt, auch er hatte Verständnis für seine Sehnsüchte gezeigt, auch er hatte ihm dabei geholfen, Schritt für Schritt er selbst zu werden. Doch die Wahrheit war nicht zu leugnen: Patrick würde nicht zurückkommen.

Eines Spätnachmittags wartete Michel, der »Buffalo Bill aus dem Norden der Stadt«, vor dem Schultor auf ihn. Er begleitete Domino nach Hause und erzählte ihm, wie an dem Tag, als er Patrick besucht hatte, dessen Vater sie nackt im elterlichen Schlafzimmer überrascht hatte. Ihm selbst war nur deshalb Schlimmeres erspart geblieben, weil der Vater angesichts seiner kräftigen Statur sowie aus Furcht vor einem Skandal jede gewalttätige Regung unterdrückt hatte. Wie es weitergegangen war, wusste Domino ja.

Bevor sie sich trennten, gab Michel ihm einen Brief, den Patrick ihm aus der Schweiz hatte zukommen lassen. Mit Freude las Domino, dass sein bester Freund häufig an ihn dachte und ihn niemals vergessen würde.

21

Die Monate vergingen. Domino und Maryline wuchsen mehr und mehr zusammen. Marylines kluge Ratschläge hatten entsprechende Folgen, und zu ihrer beider großer Zufriedenheit machten sich die Veränderungen immer deutlicher bemerkbar. Aus dem zurückhaltenden, ein wenig unbeholfenen, ja tollpatschigen Jungen aus Le Panier war ein junger englischer Dandy geworden, dessen extravagante Kleidung und Haartracht direkt aus dem »Swinging London« stammten … und vom Flohmarkt von Saint-Lazare. Damit eroberte sich Domino in der Clique von der Allee endlich seinen Platz.

Maguy, der Anführer der Bande, hatte in einem Café am Alten Hafen eine Anstellung als Barkellner gefunden. Und er war der Ansicht, dass es mit zwanzig an der Zeit sei, von zu Hause auszuziehen. Er mietete ein kleines Apartment im Viertel La Plaine, einer belebten Gegend oberhalb der Canebière. Als er dort eingezogen war, lud er zu einer großen Party ein.

»Am Samstagnachmittag gebe ich eine Einweihungsfete, da machen wir ordentlich ein Fass auf. Und ich hoffe, du bist auch mit von der Partie, Domino. Die ganze Clique wird da sein, und auch ein paar neue Jungs.« Die Ohnmachtsgeste, mit der er diese letzte Ankündigung begleitete, versprach einiges bezüglich der Schönheit der Gäste.

Ausrufe des Entzückens schallten ihm entgegen.

»Der Chor der Jungfrauen hat seine Antwort gegeben, die ich dir so übersetzen kann: Niemand wird sich diese Fete entgehen lassen, die ohne jeden Zweifel die gelungenste des ganzen Jahres sein wird«, sagte Maryline.

»Aber jetzt müssen wir los. Wir haben nur noch sechs Tage Zeit, um uns in Schale zu werfen. Die *Elle* erscheint erst morgen, und ich habe nichts zum Anziehen!«

Jede Woche fieberte die gesamte Clique der neuen Ausgabe der Zeitschrift entgegen, dieser unerschöpflichen Quelle, die zeigte, was in der Hauptstadt gerade angesagt war, dieser in höchsten Ehren gehaltenen Bibel der Neo-Swingkids, die nicht genug von Bildern bekamen und die ersten Adepten einer neuen Religion waren, jener der äußeren Erscheinung.

Im Handumdrehen löste sich die Gruppe auf, und jeder war überzeugt, er selbst wäre am nächsten Samstag »die Schönste, die zum Tanzen geht«.

Domino war völlig aus dem Häuschen. Zum ersten Mal war er zu einer Fete eingeladen. Die Woche verging wie im Flug. Sorgfältig legte er sich zurecht, was er am Samstag anziehen würde, und seine Kleidung wäre des Debütantinnenballs würdig, dieser Zeremonie, über die er in »Cinq colonnes à la une« einen Bericht gesehen hatte, einer seiner Lieblingsfernsehsendungen neben »Dim, Dam, Dom«. Zwar würde ihn nicht gerade Jacques Chazot zum Tanz bitten, aber mit ein bisschen Glück würde ihn ein Junge seines Alters zu einem Slow auf »Only You« von den Platters auffordern.

Als der Tag gekommen war, betrachtete er sich im Spiegel des Schlafzimmerschranks seiner Mutter: Die schwarze Schlaghose, der rote Pullover mit Rundhalsausschnitt und die schwarze Weste mit silberglänzenden Knöpfen verliehen ihm ein Aussehen, auf das selbst Françoise Hardy neidisch gewesen wäre. Domino war nicht wenig stolz auf sich.

Zum Abschluss legte er sich eine sorgfältig geglättete dichte Strähne vor die Stirn. Um 14 Uhr machte er sich auf zur Place Sadi-Carnot, wo er mit Maryline verabredet war. Kurz bevor er das Haus verließ, tupfte er sich, wie er es oft bei seiner Großmutter gesehen hatte, ein wenig Parfüm hinter die Ohren: Cabochard von Grès, von dem seine Tante Marinette, die als Einzige in der Familie erkannte hatte, welch tiefgreifende Veränderung ihr Neffe durchmachte, ihm ein Pröbchen geschenkt hatte.

Beim Hinausgehen vermied er die Bar, wo er sich von seiner Mutter einen abfälligen Kommentar über seine Kleidung hätte anhören müssen, etwas wie »Du siehst ja aus wie zu Karneval!«, so als gleiche er allein dem gesamten Karnevalsumzug von Nizza. Was verstand sie schon davon, sie, die außer Tino Rossi niemanden gelten ließ?

Am Fuß der Treppen, die von Le Panier hinabführten, entdeckte er Maryline, in einer dunkelblauen taillierten Marinejacke mit golden schimmernden Knöpfen, um den Hals einen langen, schwarz-gelb gestreiften Wollschal, den er stolz zur Schau stellte und der fast bis zum Boden reichte.

»Der ist ja extra, wo hast du denn den her?«

»Den hat Bob mir aus London mitgebracht, das ist dort der letzte Schrei. Bei so einem Schal ist es total wichtig, dass er superlang ist, damit man ihn auch wirklich à la ›Kunigunde‹ tragen kann. Was man natürlich mit englischem Akzent aussprechen muss, sonst ist der Witz weg!«

Domino nickte, unendlich glücklich und geschmeichelt, dass er der Freund und Schützling des jungen Mannes war, der in Marseille auf dem Gebiet der Mode den Ton angab. Keiner aus der Clique hätte es gewagt, Maryline den Platz als unangefochtene Autorität in Sachen Eleganz und Kleidung streitig zu machen.

22

Die beiden hatten versprochen, etwas früher zu kommen und Maguy bei den letzten Vorbereitungen zu helfen. Maguy zeigte sich nicht überrascht, dass noch weitere Freunde dieselbe Idee gehabt hatten. Blonder als je zuvor, die Augen mit schwarzem Lidstrich betont, im rosafarbenen Hemd und superenger weißer Seemannshose, machte er sich bereits in seiner »Drei-minus-zwei-Zimmer-Wohnung« zu schaffen, wie er seine Dienstbotenkammer gern nannte. Er war ein organisatorisches Genie und wies jedem Neuankömmling umgehend eine Aufgabe zu.

Domino und Fafa richteten kleine Toastbrotscheiben mit Aufstrich her, während Maryline zum Anmischen der Sangria abkommandiert war, die die Gäste in ein so gewaltiges Delirium versetzen sollte, dass die ganze Fete, geprägt von spanischem Flair, ein einziger Rausch wurde.

»Caliente, caliente!«, johlte René d'Aubagne schon, kaum dass er zur Tür herein war. In ein schwarzes Schultertuch mit rot-gelbem Blütenmuster gehüllt, setzte er zu einem Flamenco an, krümmte sich dabei wie ein Torero und tanzte stolz und voller Hochmut wie eine echte Zigeunerin.

Nach seiner Vorführung brandete ihm donnernder Applaus entgegen. Weitere Gäste trafen ein. Die Party konnte beginnen.

Alle schienen einander zu kennen, und schon bald waren überall Gespräche in vollem Gange. Domino hörte aufmerksam zu und ließ sich von dem Spektakel nicht die geringste

Kleinigkeit entgehen, sagte aber selbst kein Wort. Um nicht untätig herumzustehen, hatte er sich vor dem Plattenspieler postiert und legte, nach den Wünschen der anderen, die Vinylscheiben auf.

»Du heißt Domino, habe ich gehört. Ich hätte durchaus Lust auf eine Partie mit dir.«

»Was denn für eine Partie?«

»Dass du nicht gerade der Hellste bist, habe ich auch gehört.«

Ohne auf eine Antwort Dominos zu warten, wandte sich der respektlose Kerl wieder ab.

Verdutzt wie er war, vergaß Domino, eine neue Single aufzulegen. Die Rufe der Tänzer, die nach »Mashed potatoes« verlangten, holten ihn zurück in die Wirklichkeit. Fafa löste ihn ab, und er ging zu Maryline, der heftig mit einem jungen Mann flirtete.

»Domino, das ist Philippe. Wir werden bald gehen, und wenn du willst, bringen wir dich nach Hause, Philippe hat auch ein superschönes Auto …«

Als er erkannte, dass Domino kein Wort verstand, flüsterte er seinem neuen Freund etwas ins Ohr, woraufhin dieser in schallendes Gelächter ausbrach. Gekränkt wandte sich Domino von den beiden ab und verließ kurz darauf die Party. Als er allein die Treppe hinunterstieg, war er überzeugt, dass niemand sein Weggehen bemerken würde. Dieser Gedanke schmerzte ihn nur umso mehr. Plötzlich fühlte er sich wieder so minderwertig und auch das Unwohlsein kehrte zurück, stärker als früher. Wann wäre er endlich wie die anderen, wann gelänge es ihm, mit der Menge zu verschmelzen?

»Wo willst du denn hin, Domino?«

Er drehte sich um. Vor ihm stand ein großer Kerl von zweiundzwanzig oder dreiundzwanzig Jahren, modisch gekleidet, mit schmalen, leuchtend blauen Augen, der ihn mit einem amüsierten Lächeln verschmitzt ansah. Einen Moment lang war Domino sich nicht sicher, erkannte dann jedoch den Typen, der ihn vorhin so grob angeredet hatte. Jetzt war es Domino, der sich abwandte. Doch er hatte kaum drei Schritte gemacht, als der andere ihn an den Schultern packte, herumriss und gegen die Wand drückte. Gerade als er losschreien wollte, schob sich ihm eine raue Zunge tief in den Mund. Er war schockiert, hielt aber still, denn er wusste nicht, wie er reagieren sollte.

»Na, will sich unser Backfisch etwa wehren und mit seinen kleinen Fäustchen trommeln? Mach schon, schlag dich wie ein Mann!«

Domino war wie gelähmt und außer Fassung und brachte kein Wort heraus. Als der Kerl ihn an sich drückte und ihn erneut küsste, roch er nur noch den milden Duft seines Parfüms, spürte seine sanft-männlichen Bartstoppeln und fühlte die kräftigen Stöße seines Beckens, mit dem er ihn an die Wand nageln zu wollen schien. Eine wohlige Hitze durchströmte ihn und er gab sich ganz diesen ungekannten Empfindungen hin.

»Bravo, Domino! Ich brauche euch wohl nicht mehr vorzustellen. Ich habe mir schon Sorgen gemacht, aber offensichtlich hast du schon jemanden, der dich nach Hause bringt. Pass auf ihn auf, Daniel, er muss um acht wieder daheim sein. Viel Vergnügen!«

Fest im Griff seines neuen Chauffeurs, der ihn mit seinen muskulösen Armen an der Hüfte umschlungen hielt, ging Maryline nach unten und drehte sich dabei immer wieder augenzwinkernd um. Daniel ließ sich von all dem nicht stören und sagte, jetzt wieder Herr seiner selbst:

»Maryline hat recht, ich bring dich lieber nach Hause. In diesem Viertel wimmelt es nur so von zwielichtigen Typen.«

Domino war im siebten Himmel, ärgerte sich aber maßlos über sich selbst. Da begleitete ihn ein gottgleicher Kerl nach Hause, und er brachte kein Wort heraus. Er kam sich unbeholfen und dumm vor, unwürdig des Interesses, das ihm zuteilwurde.

Daniel stellte ihm ein paar Fragen und hielt die Unterhaltung am Laufen, doch aus Angst vor unpassenden Antworten, brachte Domino nur einsilbige Sätze heraus. Als sie sich an der Treppe an der Place Sadi-Carnot trennten, hätte er keinen Sou darauf gewettet, dass sie einander jemals wiedersehen würden. Zum Abschied gab er Daniel die Hand, traute sich aber nicht, ihn anzusehen. Er fühlte sich, als hätte er auf ganzer Linie versagt.

23

Er war zum ersten Mal geküsst worden. Diesen Moment hatte er sich so lebhaft ausgemalt, ihn so sehr herbeigesehnt und verklärt, dass er jetzt kaum glauben konnte, ihn wirklich erlebt zu haben. Am liebsten hätte er es der ganzen Welt verkündet, doch der erste Mensch, dem er begegnete, war Marinette, seine junge Tante, die immer nach einer Möglichkeit suchte, zu Geld zu kommen. Das raubte ihm jede Lust, sich ausführlich zu erklären. Er fühlte sich stark und zugleich äußerst verletzlich. Er war glücklich, weil die Wahl auf ihn gefallen war, und unglücklich, weil er dem Begehren des anderen vermutlich nicht gerecht geworden war. Das Gefühl der Minderwertigkeit meldete sich regelmäßig zurück, sobald er glaubte, es überwunden zu haben. Er musste Daniel so schnell wie möglich wiedersehen. Zweifelsohne besaß dieser die Antworten auf all seine Fragen.

»Dominique, ich rede mit dir! Geht's dir nicht gut? Wo kommst du denn her? Du sieht aus, als wärst du ein paar Außerirdischen über den Weg gelaufen.«

»Ich war auf einer Fete. Und es stimmt, ich bin tatsächlich einem Außerirdischen über den Weg gelaufen. Der war wirklich nicht von dieser Welt. Einfach extra.«

»Extra, extra! Andauernd höre ich von euch jungen Leuten dieses Wort. Eure Generation redet nur noch im Telegrammstil, irgendwann werdet ihr alle nur noch mörsern, also ich meine morsen, und ich weiß, was ich sagen will!«

Marinette beendete ihre Sätze oft mit dieser Floskel, um sich zu profilieren, sich vom Gewöhnlichen abzugrenzen und ihre rebellische Seite herauszukehren. Vor allem wies sie damit von vornherein jeden Widerspruch zurück. Domino lächelte und ließ sie weiter vor sich hin schimpfen. Er wusste, dass sie nur mit sich selbst redete. Marinette dachte einfach laut. Immerhin hatte ihn die Begegnung wieder zurück auf die Erde gebracht. Es war schon fast acht Uhr, die Zeit war wie im Flug vergangen. Aber kannten Außerirdische so etwas wie Zeit?

24

Die folgenden Tage wollten und wollten nicht vergehen. Maryline ließ sich nirgendwo mehr blicken. Das schlechte Wetter trug seinen Teil bei, und die Stühle und Tische vor den Cafés auf der Allée de Meilhan, wo sich die Clique für gewöhnlich traf, standen einsam und verlassen auf dem Trottoir. Ohne inneren Kompass und in seine Zweifel versunken, verging Domino geradezu vor Langeweile.

Am Samstag darauf kehrte die Sonne zurück, und endlich konnte er seine Freunde wiedersehen, die alle wie ein Hühnerhaufen durcheinanderquasselten. Als er bei ihnen eintraf, drehten sich alle zu ihm um und überschütteten ihn mit Fragen, die im Grunde nur auf eine hinausliefen: Hatte er mit dem schönen Daniel geschlafen? Ohne seine Antworten abzuwarten, gaben alle reihum ihre Kommentare ab. So erfuhr Domino, ohne nachfragen zu müssen, alles, was er über seine erste Flamme wissen wollte.

Daniel leistete bei der Marine in Toulon seinen Wehrdienst. Von ihm war nicht bekannt, dass er je eine Liebschaft gehabt hätte, was der Fantasie freien Lauf ließ und jede Hoffnung nährte. Manche meinten, er sei gar nicht schwul, hege aber gewisse Sympathien. Andere vermuteten in ihm einen Scheinheiligen, der ständig Ausschau nach neuen Opfern hielt, über die er herfallen konnte. Domino, der wie eine Jungfrau auf dem Altar bereitlag, war der beste Beweis.

Wie immer war das Gespräch schon bald infolge von Frotzeleien, Überspanntheiten und Rivalitäten Tausende Lichtjahre von seinem Ausgangspunkt entfernt. Nach einer Stunde voller Abschweifungen und Zwischenbemerkungen hätte keiner von ihnen mehr sagen können, wie sie auf die Vorbereitungen des Festes zu sprechen gekommen waren, das René d'Aubagne zu seinem einundzwanzigsten Geburtstag geben würde. Erleichtert, nicht mehr im Zentrum der Aufmerksamkeit zu stehen, nutzte Domino den Moment, um sich unauffällig davonzumachen.

Auf dem Weg nach Hause erblickte er aus der Distanz Maryline und Philippe, die geradezu unzertrennlich wirkten. Er ging ihnen aus dem Weg, weil er die Innigkeit, mit der sie einander ganz offenbar zugetan waren, nicht stören wollte. Als er ihnen nachsah, wurde ihm klar, weshalb er seinen Freund in den letzten Tagen kaum noch zu Gesicht bekommen hatte. Ein gewisser Frohsinn erfasste ihn, der allerdings von einem leichten Stich ins Herz begleitet wurde: Er freute sich, die beiden so glücklich zu sehen, und fragte sich zugleich, wann sich diese Gefühlswelten endlich auch ihm erschließen würden.

25

Maguys kleine Fete lag nun schon fast zwei Wochen zurück, und Domino hatte Daniel noch immer nicht wiedergesehen. Weil Maryline, der ganz in seiner neuen Beziehung aufging, sich rarmachte und ihm somit keine Hilfe sein konnte, suchte er zunehmend die Nähe von Maguy. Oft ging er nach dem Unterricht zu ihm, um zu plaudern, neue Platten zu hören und die anderen aus der Clique zu treffen, immer insgeheim hoffend, den Matrosen wiederzusehen, der, je länger er sich nicht mehr blicken ließ, ihn immer weniger beschäftigte.

»Gehst du schon, Domino? Warte, ich komme mit. Ich habe eine Verabredung im Mistral. Ich habe mit Maria gesprochen, der Inhaberin, und sie gefragt, ob wir dich einmal mitnehmen könnten, und sie meinte, bis neunzehn Uhr ist das kein Problem, solange du in Begleitung eines Volljährigen bist. Heute ist es schon zu spät, aber nächsten Samstag kannst du mitkommen.«

Domino war im siebten Himmel. Seit Monaten träumte er davon, einmal dieses Lokal zu betreten, das sich hinter einer Tür mit buntkarierter Glasscheibe verbarg und das, wie er wusste, ein Treffpunkt für junge Männer war. Er konnte es kaum noch erwarten, mit eigenen Augen zu sehen, was sich dort abspielte. Schon immer hatten ihn diese Orte angezogen, mit ihren geschlossenen, in üppiger Farbenpracht verzierten Türen und ihren Namen, die von fernen Gegenden kündeten und zum Träumen einluden, und nun würde sich ihm diese andere Welt endlich öffnen. Jedes Mal, wenn er am Perroquet Bleu vorbeigegangen war, dessen ehrfurchtgebietende Glastür ein in allen Nuancen von Blau schimmernder Papagei zierte, oder er sich bis zu der reich geschmückten und von vergoldeten Eisenstiften zusammengehaltenen Tür vorgewagt hatte, die zum Rollywood gehörte und auf der sich das H wie durch Zauberhand in ein R verwandelt hatte, hatte er sich geschworen, eines Tages diese Türen zu durchschreiten. Und nun würde sich diese Hoffnung erfüllen.

Bezaubernde jungen Frauen, die vor einer Theke, die in dezentes und gedämpftes Licht getaucht war, wie Göttinnen auf hohen Barhockern thronten, mit edlen schwarzen Pelzen über der Schulter und mit langen Zigarettenspitzen zwischen den karmesinroten Lippen, bekäme er dort wahrscheinlich nicht zu Gesicht, doch das kümmerte ihn wenig. Längst hatten die Bilder junger Männer, die aussahen wie Marlon Brando, James Dean oder Jacques Charrier, diese Geschöpfe aus seinen fiebernden Träumen verdrängt.

Domino hatte den Gürtel seines beigen Trenchcoats fest zugezogen, und die Vorfreude stand in seinen leuchtenden Augen, als er seine Tasche aus rotem Maroquinleder schulterte. Maguy zog sich einen weiten lilafarbenen Mohairpullover über sein pistaziengrünes Polohemd. In dieser Aufmachung gingen die beiden, zwei Gaunern gleich, durch die schmalen und schwach beleuchteten Sträßchen von La Plaine. Als sie um eine Ecke bogen, riefen ihnen zwei Halbstarke etwas hinterher. Sie beschimpften und bedrohten sie, und so beschleunigten die beiden delikaten Jünglinge ihre Schritte. Maguy erkannte als Erster, dass es am klügsten wäre, die Flucht zu ergreifen, nahm die Beine in die Hand und rief Domino zu, er solle es ihm gleichtun. Die von Beschimpfungen begleitete Verfolgungsjagd dauerte eine ganze Weile. Zum Glück kannte sich Maguy in dem Viertel gut aus, und so konnten sie die beiden Rowdys abschütteln.

Außer Atem und noch immer voll Angst und Schrecken, aber in der Gewissheit, noch einmal davongekommen zu sein, lehnte sich Domino an eine Wand, um etwas Luft zu schöpfen. Maguy war sichtlich erleichtert und erklärte ihm, dass Gewalt gegen Schwule in diesem Viertel an der Tagesordnung sei, dass ihm selbst aber heute so etwas zum ersten Mal passiert sei.

Als sie in die Rue de Sénac einbogen, sahen sie an deren Ende schon die Canebière, die Grenze, jenseits derer sie vor jeder Aggression geschützt wären. Dort lag ihr Territorium, ihre Bastion. Sie hatten kaum den Weg dorthin eingeschlagen, als erneut ein Schwall von Beleidigungen über sie hereinbrach. Sie drehten sich nicht einmal mehr um, sondern rannten, so schnell sie konnten, die Straße hinab.

Als Domino hinter sich einen gellenden Schrei vernahm, traute er sich nicht, sich umzudrehen. Erst als er die Canebière erreicht hatte, sah er zurück. Von Maguy keine Spur. Es war schon spät, er musste nach Hause, und eine schauderhafte Kälte kroch ihm über den Rücken.

Als ihn einige Tage darauf ein junger Mann ansprach, erkannte Domino ihn nicht sofort. Maguys Haare hatten eine seltsam schwarz-grünliche Färbung angenommen, seine Augen waren geschwollen und violett unterlaufen, trotz der dicken Schicht Make-up, mit der er ein gewaltiges Veilchen zu überdecken versuchte. Er streckte die Brust heraus und sagte mit leicht angeknackster Stimme:

»Ich weiß schon, die Kolorierung ging ein bisschen daneben … Von strohblond zu kohlrabenschwarz, das ist kein Kinderspiel. Was für ein Glück, dass sie dich nicht auch erwischt haben, aber dass ich mir alle Fingernägel abgebrochen habe, das ärgert mich maßlos. Es hat mich ganz schön Mühe gekostet, sie so lang zu halten.«

Als Domino sah, wie Maguy das alles ins Lächerliche zog und die Gewalt einfach hinnahm, als er den Widerspruch erkannte zwischen dem Willen, anders zu sein, und der Bereitschaft, die geltenden Regeln zu akzeptieren, die auf Verachtung und Gewalt basierten, bekam er eine Vorstellung von dieser Problematik und ahnte, wie schwer es werden würde, ihr zu begegnen. Er stammelte ein paar Worte des Bedauerns und wandte sich ab. Mit einem Mal erschien ihm die Zukunft ganz und gar nicht mehr rosig.

26

In der Schule lief es auch nicht viel besser. Domino fühlte sich zunehmend einsamer, seine Klassenkameraden interessierten ihn nicht mehr und der Unterricht erschien ihm reizlos, ja langweilig. Das alles schlug sich auch in seinen Noten nieder, und die Bewertung, die sein Französischlehrer ihm im letzten Zeugnis erteilt hatte, brachte die Lage auf den Punkt: »Scheint sich auf seinen Lorbeeren auszuruhen, die allerdings von Tag zu Tag dahinschwinden.« Domino konnte sich nicht mehr auf die Schule konzentrieren, weil er nur noch einen einzigen Gedanken hatte: endlich etwas von Daniel zu hören.

Eines Tages kam ihm dann etwas zu Ohren: Sein Matrose war auf der *Jeanne d'Arc* in See gestochen, einem imposanten Schulschiff der französischen Marine, das Kurs auf den Indischen Ozean genommen hatte. Niemand konnte ihm sagen, wie lange der Einsatz dauern würde. Durch sein Herz ging ein Riss, und er hatte das Gefühl, vor einem Abgrund zu stehen.

Nun verstand er die Gemütsverfassungen besser, denen seine Mutter früher ausgesetzt gewesen war, und begriff auch, warum ihre Ehe mit seinem Vater, der ja gleichfalls Seemann war, sich so schwierig gestaltet hatte. »Dis, quand reviendras-tu?«, das Chanson von Barbara, wurde seine Hymne, und die Zeilen »Ich bin keine von denen, die vor Kummer vergehen, zur Frau eines Matrosen tauge ich nicht« sein Glaubensbekenntnis. Auch bei den Ehefrauen der Hilfskräfte in der

Handelsmarine, die er kannte, war diese Eigenschaft nur selten anzutreffen.

Nach einigen Tagen wurde ihm jedoch klar, dass er nicht abwarten würde, bis sein Liebhaber von seiner Fahrt zurückkehrte, und er beschloss, sich über seine Ängste und Befürchtungen hinwegzusetzen. Es war an der Zeit, dass er seine Unschuld verlor und seine Jungfräulichkeit hinter sich ließ, dass er endlich den großen Schritt wagte. Er war bereit, sich zu opfern, und dieser Ausdruck erschien ihm nicht übertrieben, denn in seiner Vorstellung würde er wie die heilige Blandina in die Arena schreiten, in der ihn der Stier schon erwartete. Nur finden musste er dieses Tier noch!

Schließlich erzählte er Maryline davon. Nichts lag näher, als gerade ihn ins Vertrauen zu ziehen.

»Mein Entschluss steht fest, aber ich habe Angst. Davor, dass ich es nicht wirklich will. Dass ich es nicht richtig mache. Und vor allem davor, dass es wehtut.«

»Wir kennen uns jetzt schon einige Monate, Domino. Du bist ein aufgeweckter Junge, sehr empfindsam und neugierig auf alles, und wenn du mir jetzt davon erzählst, dann kennst du die Antwort längst selbst. Lass dich einfach gehen, lass dich von dem Mann leiten, den du dir dafür aussuchst, und du wirst sehen, es ist alles viel unkomplizierter, als du befürchtest. Gib dich ganz deiner Lust hin, und was du dann erleben wirst, kannst du jetzt noch nicht einmal ahnen. Und schlag dir aus dem Kopf, dass eine Penetration unbedingt dazugehört, wenn man mit einem anderen ins Bett geht. Man kann schwul sein, auch ohne die Hintertür zu nehmen.«

Die letzte Bemerkung wollte Domino nicht so recht glauben. Sie brachte die wenigen Gewissheiten, die er zu besitzen glaubte, ins Wanken. Als Maryline die Verwirrung in der

Miene seines jungen Freundes sah, legte er nach:

»Mensch, wir sind doch keine Frauen!«

Domino sah ihn mit offenem Mund und weiten Augen an, wie ein Goldfisch im Glas. Er verlor den Boden unter den Füßen. Er wusste nicht mehr, wo oben und unten war, und konnte keinen klaren Gedanken mehr fassen. Mit hängenden Schultern stand er da, murmelte etwas vor sich hin und setzte sich schließlich auf die Stufen der großen Treppe an der Place Sadi-Carnot. Ihm war gerade der Himmel auf den Kopf gefallen.

»Aber ich habe immer gedacht … also ich war überzeugt, dass …«

»Dass was? Dass Sex zwischen Männern dasselbe ist wie zwischen Heteros? Hast du vielleicht auch geglaubt, du könntest schwanger werden? Weißt du, Domino, dass Homosexualität so verteufelt wird, liegt daran, dass sie sinnbildlich für die Lust steht, für die reine Lust. Sie hat keinerlei Nutzen für die Gesellschaft, ja, sie stellt sogar ihrem Wesen nach eine Gefahr für deren Fortbestand dar. Der triumphierende Phallus wird nur so lange als Quelle der Lust verherrlicht und akzeptiert, wie er neues Leben spendet. Was glaubst du wohl, warum die Frauen unbedingt die Pille haben wollen, und die Männer versuchen, sie ihnen zu verbieten? Es geht um Macht, Domino, nur um Macht. Du dagegen hast das Glück, wählen zu können. Wahrscheinlich kommt dir das alles noch ein wenig verworren vor, aber lass dich einfach von deinem Instinkt leiten. Tanz niemals nach der Pfeife der anderen. Lebe dein Leben. Aber was rede ich da eigentlich? Mir scheint, als wäre ich hundert Jahre alt und als würdest du kein Wort von dem begreifen, was ich dir erkläre. Sag mal, Süße, hast du eigentlich gemerkt, in was du dich da gesetzt hast?«

Der Gestank, der ihm in diesem Augenblick in die Nase stieg, ließ keinen Zweifel daran, was für eine Substanz die Stufe bedeckte, auf die er sich gerade ungeschickterweise hatte fallen lassen …

27

Bis zu René d'Aubagnes Geburtstag war es noch eine ganze Weile hin, aber schon jetzt kannte die Clique kaum noch ein anderes Gesprächsthema. Maguy hatte die Organisation der Feier in die Hand genommen und entschieden, dass sie an einem Sonntagnachmittag im Mistral steigen würde, damit möglichst viele Gäste teilnehmen konnten. Maria, die Inhaberin, hatte sich einverstanden erklärt und versprochen, eine Runde Champagner zu spendieren. Maguy hatte auch ein paar Freunde aus der Fremdenlegion eingeladen, die ihrerseits wieder Freunde mitbringen würden. Es versprach eine perfekte Fete zu werden.

René war selig vor Glück und lud jeden ein, der ihm über den Weg lief, bemühte sich, dabei niemanden zu vergessen, und versöhnte sich bei der Gelegenheit sogar mit ein paar Jungs. Bob, der gerade in London einen Sprachkurs machte, hatte angekündigt, eigens anzureisen. Er würde das Sahnehäubchen sein, keinesfalls jedoch »the cherry on the cake«, wie er selbst sagte.

Domino behielt seine Vorfreude für sich. Endlich würde er das Mistral kennenlernen. Sie würden Be-Bop, Twist und Madison tanzen, und das auf einer echten Tanzfläche – es würde einfach klasse werden! Unzählige Male hatte er in seinem Zimmer Twist getanzt, zum großen Amüsement seines Bruders und seiner kleinen Schwestern. Er hatte sogar zur Musik der Sendung »Salut les copains« auf Europe 1 aufs Übermütigste mit ihnen Rock getanzt. In ihren Augen war er der beste Tänzer der Welt. Aber wie würden ihn die anderen beurteilen? Bei Maguys Einweihungsparty hatte er sich nicht zu tanzen getraut. Diesmal nahm er sich vor, nicht wie versteinert auf einem Stuhl sitzen zu bleiben und das Mauerblümchen zu spielen.

Doch als der Sonntagnachmittag gekommen war, ging Domino die Canebière nur schleppenden Schrittes hinauf. Vor jedem Schaufenster blieb er stehen und betrachtete sich voller Unzufriedenheit. Er war einfach nicht so gekleidet, wie er es sich vorgestellt hatte. Maryline war ganz von seinem neuen Freund in Beschlag genommen und hatte ihn daher nicht ausführlich und mit Kennerblick beraten und ihm vor allem auch nicht das ein oder andere Teil leihen können, wie er es sonst immer getan hatte, wenn sie sich gemeinsam hübsch machten, um auszugehen.

Als er das Haus verlassen wollte, hatte ihn zu allem Überfluss auch noch seine Mutter, mit dem Verweis darauf, dass schließlich Januar war, dazu genötigt, den entsetzlichen, unförmigen grauen Mantel anzuziehen, den er so verabscheute. Und je näher er jetzt der Rue Curiol kam, desto überzeugter war er, dass seine petrolfarbene Hose nicht zu seinem flaschengrünen Pullover mit dem breiten Zopfmuster passte. Und wie war er nur darauf gekommen, dazu Mokassins aus braunem Wildleder anzuziehen? Die Tränen stiegen ihm in die Augen, und verzweifelt machte er kehrt.

»Gehst du nicht zur Party von René d'Aubagne?«

Domino musterte den jungen Mann, der das von ihm wissen wollte. Er konnte sich nicht erinnern, ihn schon einmal getroffen zu haben.

»Sieht nicht so aus, als würdest du dich an mich erinnern. Ich heiße Serge, ich arbeite als Journalist für den *Provençal*. Ich beobachte dich oft, wenn du mit deinen Kumpels auf der Allee rumhängst.«

Domino dachte scharf nach, kam aber nicht darauf, wo sie einander schon einmal begegnet sein konnten. Die Art, wie Serge sich vorgestellt und dabei seinen Beruf als Schreiberling erwähnt hatte, machte ihn nicht gerade sympathisch. Domino betrachtete ihn etwas eingehender. Er hätte der Sohn von Phileas Fogg und Georgette Anys sein können. Seine Velourshose, seine Tweedweste und seine Strickkrawatte, alles in den unterschiedlichsten Schattierungen von Gelbgrün, sagten Domino, der ihn mit dem Kennerblick eines Adepten des »Swinging London« musterte, dass er ganz eindeutig nicht zur Clique gehörte.

»Du gehst also nicht zur Geburtstagsparty von René d'Aubagne?«, fragte Serge noch einmal.

»Doch, doch, ich bin auf dem Weg dorthin.«

»Aber das ist die falsche Richtung. Zum Mistral geht's da lang.«

»Ich lasse mir noch ein bisschen Zeit, bevor ich hingehe.«

Kaum hatte er den Satz beendet, kam ihm diese Erklärung ungemein dämlich vor. Aber der Kerl sah ihn aus seinen seegrünen Augen mit so unverhohlenem Interesse an, dass Domino klar wurde, dass er ihm überhaupt nicht zuhörte.

»Hast du Lust, auf ein Gläschen zu mir zu kommen? Auf die Fete können wir auch noch später gehen. Ich wohne gleich um die Ecke.«

»Ja, warum nicht …«

Das Apartment, das nach Auskunft seines stolzen Bewohners im japanischen Stil gehalten war, befand sich ganz in der Nähe der Canebière, in der vierten Etage eines kleinen bürgerlichen Wohnhauses mit säuberlich gepflegten Treppen. Als Erstes fiel Domino die Matratze ins Auge, die auf dem Boden lag, sowie die Schirme aus Ölpapier, die unter der Decke hingen. Auf einem schwarz lackierten Würfel stand eine Lampe, auf deren Schirm Goldfische in einem asiatisch anmutenden, türkisblauen Meer schwammen und die ein fahles und unangenehmes Licht im Zimmer verbreitete, wie man es in den Elendsvierteln von Macao oder Hongkong erwartet hätte.

Serge schloss die Fensterläden und warf den frisch erbeuteten Domino, ohne ihm auch nur ein Glas Wasser anzubieten, auf den Futon. Gierig wühlte er mit der Zunge in seinem Mund herum, als wolle er ihn zum Schweigen bringen. Dann packte er ihn mit einer Hand an den Haaren und machte sich mit der anderem am Reißverschluss seiner Hose zu schaffen, und im Handumdrehen fand sich Domino splitternackt auf der Matratze wieder.

Serge geriet in Verzückung darüber, wie zart seine Haut war, wie fein gezeichnet seine Züge, und dass ihm jede Schambehaarung fehlte. Domino ließ es reglos geschehen, dass er seinen Körper erkundete, und starrte auf die japanischen Schirme an der Decke. Plötzlich verspürte er einen heftigen, stechenden Schmerz und richtete sich auf. Der gelbgrüne Kerl hatte sein Glied in den Mund genommen. Ihm war, als wären ihm tausend Nadeln hineingestochen worden. So etwas hatte er noch nie zuvor empfunden.

Schreiend machte er sich los, in der festen Überzeugung, dass dieser Verrückte ihn tatsächlich auffressen wollte, wie er es kurz zuvor angekündigt hatte. Serge beteuerte, dass das, was er da getan hatte, völlig normal sei, doch Domino wollte davon nichts hören. Er flüchtete sich in eine Ecke des Zimmers und zog sich auf der Stelle wieder an. Der provenzalische Rouletabille versuchte erst noch mehrmals, ihn zum Bleiben zu überreden, ließ ihn jedoch irgendwann gehen, nicht ohne ihn als Aufreißer und miese kleine Ratte zu beschimpfen.

Noch immer heftig zitternd, stürzte Domino die vier Etagen hinab, in der festen Überzeugung, dass es nicht nur in Afrika Kannibalen gab. Dieses scheußliche Erlebnis stellte ihn vor weitere Fragen: Warum fühlte er sich nicht im Geringsten zu Männern hingezogen, die auf Männer standen, und noch viel weniger zu diesen Praktiken, für die sie so schwärmten?

28

Als Domino tags darauf aus der Schule kam, noch immer ganz aufgewühlt von den Ereignissen des Vortags, lief er René d'Aubagne in die Arme.

»Was machst du denn hier, Domino?«, fragte René und sah ihn aus lustvoll leuchtenden Augen an.

»Ich komme gerade aus der Schule und wollte runter zur Allee, zu den anderen.«

»Bist du am Victor-Hugo?«

»Ja.«

»Dann hast du's ja gut getroffen, mit der Penne ganz in der Nähe von dem Ort, wo so viel abgeschleppt wird wie sonst nirgendwo in der Stadt.«

Wohlweislich verschwieg Domino, dass er davon absolut nichts wusste, und erst recht, dass ihm das nie aufgefallen war, obwohl er mehrmals in der Woche mit Schulkameraden in den Park beim Bahnhof Saint-Charles ging, um dort zu lernen.

Allmählich begriff er, dass ihn seine Unerfahrenheit bisweilen als begriffsstutzig dastehen ließ, oder als so übermäßig prüde, dass es kaum noch glaubhaft war.

»Kommst du mit?«

Ohne eine Antwort abzuwarten, zog René ihn auf eine Bank und fing an, ihm zu erzählen, was bei seiner Geburtstagsfeier alles passiert war. Er erwähnte jeden einzelnen Gast, berichtete von jedem nennenswerten Ereignis und schmückte seine Erzählung mit zahlreichen erheiternden Details aus. Er schilderte ihm, wie die Fremdenlegionäre einen Striptease dargeboten hatten, und wie er selbst beim abschließenden Happening dabei gewesen war, einer Vereinigung Europas, zu der diese französisch-deutsche Annäherung der Schlüssel gewesen war.

»Und mit ihren Schlüsseln können diese deutschen Legionäre weiß Gott umgehen …«

René wusste, dass er Domino damit irritierte, und noch bevor dieser etwas sagen konnte, brach er in ein schrilles Lachen aus, mit dem er die Blicke der Passanten auf sich zog. Dann nahm er – ganz der Schmierendarsteller, der er sein konnte – die Pose einer griechischen Tragödin an, als wolle er einen Monolog aus einem Stück von Racine deklamieren. In Wahrheit jedoch verfolgte er, gleich einem abgemagerten Kater, mit halb geschlossenen Augen seine Beute. Dann stand er plötzlich auf, ohne seinen Freund eines einzigen Blickes zu würdigen, und schlenderte mit lasziven und katzenartigen

Schritten zum Eingang eines öffentlichen Pissoirs am Ende der Allee und schlüpfte hinein.

Eine halbe Stunde später war er noch immer nicht wieder aufgetaucht, aber Domino beobachtete fasziniert das Schauspiel der Kerle, die verstohlen in dem kleinen Gebäude verschwanden und wieder herauskamen, einige sogar mehrmals hintereinander. In seiner Fantasie sah er ein hitziges Treiben vor sich, ohne so recht glauben zu können, dass sich dort drin so vieles gleichzeitig abspielte, doch in der Gewissheit, dass die Wirklichkeit noch weitaus vielfältiger war. Ihm fehlten sowohl die Lust als auch der Mut, sich in dieses Bacchanal zu stürzen, aber gleichzeitig fand er sich in einem Zustand höchster Erregung wieder, wie er ihn noch nie gekannt hatte.

Dann plötzlich Schreie, Tumult, das Trillern von Pfeifen. In Sekundenschnelle stürmte ein Dutzend blaubemützter Polizisten in das Pissoir. Ohne lange zu fackeln, zerrten sie René d'Aubagne und drei seiner Spielkameraden heraus. Dann wurde das Grüppchen in eine grüne Minna verfrachtet und zum Polizeipräsidium von Marseille verbracht. Ganz offenkundig wollte man in diesem mit Vorurteilen und Prüderie getränkten Frankreich die Homosexualität mit allen Mitteln unterdrücken.

29

Domino eilte nach Hause, wo er seinem Stiefvater begegnete. Jean – so hieß der zweite Mann seiner Mutter – mochte ihn nicht recht leiden. Er war ein aggressiver, brutaler Kerl, ein rüpelhafter Macho, und mäkelte andauernd wegen seiner Art, sich zu kleiden, und seiner gewählten Ausdrucksweise an Domino herum. Im Grunde verabscheute er ihn aber wegen des Hochmuts, den er an den Tag legte und der ihm selbst ein Gefühl von Minderwertigkeit verschaffte, das er in seinem virilen Denken nicht akzeptieren konnte. So gab jede Kleinigkeit Anlass zu Streit, und ihr Verhältnis war äußerst angespannt.

An diesem Abend hatte Domino nach dem Essen die unglückliche Idee, sich ein paar Tropfen Cabochard hinter die Ohren zu tupfen, ein wahres Wunder von einem Parfüm, betörend wie ein Duft aus *Tausendundeiner Nacht* und mild wie ein Strauß Parma-Veilchen. Der dezente – und feminine – Duft beleidigte den Geruchssinn seines Stiefvaters, der ihn anfuhr und fragte, warum er sich so einen Nuttenduft hinter die Ohren schmierte. Gekränkt und verärgert entgegnete Domino ihm in schroffer und hochnäsiger Manier, dass er lieber wie eine Nutte rieche als wie ein Ziegenbock. Rasend vor Wut stürzte sich Jean mit voller Wucht auf ihn und verpasste ihm, trotz des Geschreis von Dominos Mutter und seiner Geschwister, eine so heftige Tracht Prügel, dass sein ganzes Gesicht anschwoll und seine Lippe blutete, bevor er sich in sein Zimmer retten konnte.

Während er sich voller Wut ausheulte, wurde ihm klar, dass er unmöglich in dieser Familie bleiben konnte, in der er erniedrigt und geschlagen wurde. Wie es am naheliegendsten war, suchte er Zuflucht bei seinem Vater, und dieser einigte sich mit seiner Exfrau auf eine Lösung. Im Zuge eines Tauschhandels sollte Dominos jüngere Schwester Danielle ab sofort an seiner Stelle bei der Mutter wohnen, und er würde bei seiner Stiefmutter Amina, seinem kleinen Bruder

Marius und seinen jüngeren Halbschwestern Suzanne und Marcelline wohnen. Eine Gemeinschaft, die unvergleichlich angenehmer zu werden versprach.

Amina stammte von den Komoren und war drei Jahre zuvor nach Marseille gekommen. Sie war zwanzig Jahre alt, und alles, was sie in ihrer neuen Heimat Frankreich entdeckte, versetzte sie in Entzücken. Dominos Gegenwart war ihr außerordentlich angenehm, und schon bald entstand zwischen ihnen ein inniges, freundschaftliches Verhältnis. Sie hörte auf alle seine Ratschläge und änderte ihre Art, sich zu kleiden. Sie war schön, selbstbewusst und voll natürlicher Anmut, und Domino bewunderte und liebte sie wie eine ältere Schwester. Nur drei Jahre trennten sie voneinander, und obwohl sie verschiedenen Kulturkreisen und Religionen angehörten (Amina war moslemischen Glaubens), gab es vieles, was sie verband: ihre Freude am Leben, ihre Offenherzigkeit, ihr Wissensdurst und auch ihre Jugend.

Nur eines mochte Domino nicht: Aminas schwere und fettreiche Küche. Häufig bereitete sie Ragout aus gekochtem Fleisch zu oder Fisch in einer Soße aus exotischen Gewürzen, deren Geruch ihm den Magen umdrehte. Der schönen Amina entging das nicht, und so passte sie die Rezepte ihrer Heimatinsel den ihrer Ansicht nach verkümmerten Geschmacksknospen ihres jungen Stiefsohnes an. Liebevoll und mit einer Prise Humor setzte sie ihm auseinander, dass er – weil er doch gemischter Abstammung war – in gewisser Weise einen Teil seiner Wurzeln verleugnete, wenn er sich dieser ihm unbekannten Geschmackswelt verweigerte. Domino lernte bereitwillig seine Lektion, und ihr Zusammenhalt war wieder ein Stück gewachsen.

Selbstredend fehlte ihm seine Mutter, so wie auch das Panier-Viertel, doch kam er einigermaßen mit seinem neuen Leben zurecht. Hier in Saint-Mauront, in den kürzlich errichteten Sozialbauten in der Rue Félix-Pyat, sprach man unter Nachbarn nicht miteinander, man ging einander aus dem Weg und das Leben in der Anonymität schien das Einzige zu sein, worauf sich alle einigen konnten. Die Familien, die aus den ärmsten Vierteln Marseilles zugezogen waren, lebten hier in einer Umgebung, mit der sie keinerlei Erinnerungen verbanden. Sie waren Entwurzelte und schlugen eine neue Seite im Geschichtsbuch auf. Bisweilen trauerten sie sogar den heruntergekommenen Wohnungen nach, die sie doch mit so großer Erleichterung verlassen hatten. Zweifelsohne würde es etliche Jahre dauern, bis in diesen neu errichteten Wohnanlagen ein Gefühl von Heimat entstand.

Wie alle anderen Bewohner fühlte auch Domino sich in seinem neuen Viertel fremd. Und schon bald war ihm klar, dass er dort niemals Fuß fassen würde.

Das Schuljahr nahm weiter seinen Lauf. In Gedanken war Domino meist mehr bei seinen Freunden von der Allee als beim Unterricht. Das schlug sich in seinen Noten nieder. Amina war großzügiger, wenn es darum ging, wann er nach der Schule nach Hause kommen musste, und sie erlaubte ihm auch, abends häufiger auszugehen und länger fortzubleiben. Begierig nutzte Domino diesen neuen Freiraum aus, auch wenn seine schulischen Leistungen darunter litten. Es hatte eben alles seinen Preis.

30

Eines Sonntagnachmittags sagte Maguy ihm, er werde ihn ins Mistral mitnehmen. So sehr hatte Domino diesen Moment herbeigesehnt, der in seiner Vorstellung fast einer Initiation gleichkam, und nun würde er endlich dieses Heiligtum betreten!

Doch kaum hatte er die Tür mit der buntkarierten Scheibe aus trübem Glas durchschritten, stand ihm die Enttäuschung ins Gesicht geschrieben. Die Wirklichkeit, die sich ihm darbot, hatte nicht das Geringste mit dem babylonischen Dekor zu tun, das er sich zusammenfantasiert hatte. Der Boden war mit großen, schwarz-weißen Fliesen gekachelt. An den eierschalenfarbenen Wänden hingen, ungeschickt platziert, ein paar alte Schinken, die vermutlich einsame Dörfer in der Hochprovence darstellten. Das Bistromobiliar, das an die Tische und Stühle in der Bar des Muettes erinnerte, unterstrich nur noch das Gewöhnliche des Lokals. Kein Schimmer Tageslicht drang herein, und Helligkeit spendeten nur ein paar große Lampen mit Schirmen im Schottenmuster – vermutlich Werbegeschenke einer Whiskymarke –, die Beleuchtung der Regale hinter der Bar und eine imposante Jukebox, deren bunte Neonlampen fahles Licht verströmten. All das schaffte eine Atmosphäre, die einen passenden Rahmen für Vertraulichkeiten bildete, für Geheimnisse, Mysterien und Träume, man sah sich, ohne sich zu sehen, man befand sich hier außerhalb der Zeit, um drei Uhr nachmittags herrschte tiefste Nacht, doch dafür musste man auf Luxus verzichten.

Auf einem der Hocker an der Bar saß ein junger Typ und sah Domino aus blauen Augen, die so weit wie der Nachthimmel bei Vollmond waren, mit lebhaftem Blick an. Domino musterte ihn: helle Haut, hervorstehende Wangenknochen, dünnes, blondes Haar und eine natürliche Eleganz. Selbst im Sitzen wirkte er ausgesprochen groß.

»Möchtest du etwas trinken?«, fragte er.

Er hatte eine warme Stimme und sprach mit ausländischem Akzent. Im nächsten Moment hatte Domino nur noch Eines im Sinn: ihn kennenzulernen. Rasch waren sie in ein Gespräch vertieft, in dem ihre ganze Neugier füreinander zum Ausdruck kam. Der junge Mann hieß Tony, war nur vorübergehend in Marseille und hatte hier etwas für seinen Vater zu erledigen, für den er arbeitete. Er lebte in Genf und würde am nächsten Tag zurück in die Schweiz fahren.

Domino war auf der Stelle Feuer und Flamme für diesen jungen Mann, der alles über sein Leben wissen wollte, über das, was er in der Schule lernte, über Marseille, und der sich aufrichtig für ihn zu interessieren schien. Zum ersten Mal verspürte er das Verlangen, sich einem Fremden anzuvertrauen. Aber Tony erschien ihm gar nicht als Fremder, vielmehr hatte er das Gefühl, ihn schon sein ganzes Leben lang zu kennen. Tony gestand ihm, dass es ihm genauso ging. Und er fügte hinzu: »Das muss es sein, was man als Liebe auf den ersten Blick bezeichnet!«

Domino wagte nicht, ihm zu widersprechen. Der schöne Schweizer zog ihn an sich und küsste ihn, dass ihm der Atem wegblieb. Dabei empfand er dasselbe wie zuvor mit Daniel, dem Matrosen, der ihm seinen ersten Kuss beschert hatte und den er seitdem nicht mehr gesehen hatte. Diesmal war er fest entschlossen, das Abenteuer weiter zu verfolgen, und war selbst ein wenig von sich überrascht, als er den Kuss voll ungestümer Leidenschaft erwiderte.

Sie ließen sich von nichts und niemandem stören, als wären sie allein auf der Welt. Die Zeit verstrich, und in der gut besuchten Bar wirkten sie wie ein Fremdkörper, so abgetrennt von allem, was um sie herum geschah, dass niemand wagte, sie in ihrer Blase zu stören.

Leise und diskret schlug Tony vor, dass sie zu ihm gingen. Er wohnte in der Wohnung von Freunden seines Vaters, die für ein paar Wochen nicht in Marseille waren. Panik ergriff Domino, der nicht zugeben wollte, dass das sein erstes Mal wäre, doch ebenso wenig konnte er widerstehen.

Als sie hinausgehen wollten, kam Maguy auf sie zu.

»Wo geht ihr denn hin? Wartet, ich komme mit.«

»Dort, wo wir hingehen, könnten Sie uns in keiner Weise behilflich sein«, gab der schöne Tony kurz angebunden zurück.

»Hat man in der Schweiz noch nie etwas von einem Dreier gehört?«

»Für gewöhnlich steht das nicht auf der Tagesordnung. Wir bevorzugen bilaterale Zusammenkünfte.«

»Ich fürchte, Domino ist für diese Art Programm ein wenig zu unerfahren, aber ich hoffe, du kannst ihn in die Freuden der Sehnsucht nach Venedig einweihen.«

Tony sah Domino an, der die Augen niederschlug.

»Ihre erhellenden Bemerkungen werden uns von großem Nutzen sein. Adieu.«

Ohne ein weiteres Wort schob er den Neuling zum Ausgang.

Die Dämmerung, die sie draußen empfing, rief Domino in Erinnerung, dass er bestimmten familiären Zwängen unterlag.

»Es ist schon spät. Um acht Uhr muss ich zu Hause sein.«

»Keine Sorge, wir haben noch zwei Stunden, und ich bringe dich nachher auch nach Hause. Dein Freund schien mir irgendetwas mitteilen zu wollen. Du hast mir gar nicht gesagt, wie alt du bist.«

»Ich bin siebzehn, und Maguy wollte dir zu verstehen geben, dass ich noch nie mit einem Mann ... zusammen war.«

»Wieso, gehst du sonst mit Mädchen aus?«

»Wo denkst du hin!«

»Domino, du brauchst weder vor den Worten noch vor deinen Sehnsüchten Angst zu haben. Ich glaube, zwei Stunden werden niemals reichen, um dir dabei zu helfen, all das zu entdecken, was du suchst.«

31

Mit dem Auto fuhren sie zu Tony (der passenderweise in der Rue Paradis wohnte). Die Wohnung war umwerfend, von der Art, wie Domino sie bis jetzt nur in amerikanischen Filmen oder Zeitschriften für Inneneinrichtung gesehen hatte. Ohne sich lange aufzuhalten, eilten sie ins Schlafzimmer, dessen Wände mit schwerem, gold- und purpurfarbenem Damast bespannt waren und in dessen Mitte ein Himmelbett thronte. Das gewachste Parkett verströmte einen süßlichen Duft, und das gedämpfte Licht sorgte für eine Atmosphäre, die nachgerade zur Vereinigung der Körper anregte.

Die beiden jungen Männer versagten sich diese Freuden nicht.

Domino ließ sich von der Leidenschaft, dem Ungestüm und der Zärtlichkeit seines Liebhabers davontragen. Er erkundete diesen Körper, der zugleich fest und sanft war, und alles, was er sich erhofft hatte, erfüllte sich, alles entsprach dem, was er sich in seinen geheimsten, intimsten und unaussprechlichsten Träumen ausgemalt hatte. Jede einzelne Zärtlichkeit erwiderte er. Er war unerfahren, lernte jedoch schnell, erspürte instinktiv, was der andere erwartete, und überwand dabei die Vorurteile und die Ängste, mit denen er seinem ersten Mal entgegengesehen hatte. Und als Tony ihn auf den Bauch drehte, spürte er ohne Furcht und voller Hingabe, wie er in ihn eindrang.

»Was machst du denn da, Domino?«, rief Amina.

Entgeistert hob er den Kopf und sah sie verstört an. Das Brennen auf seinen Oberschenkeln holte ihn in die Wirklichkeit zurück. Er hatte seine Schale mit dem Milchkaffee umgeschüttet, und jetzt lief die heiße Flüssigkeit auf seine Pyjamahose und verlieh ihr eine zweideutige Farbe. Noch zwischen Traum und Wirklichkeit gefangen, stammelte er ein paar entschuldigende Worte und versuchte dabei, sich zu orientieren: Ja, er saß mit seiner Stiefmutter in der Küche, es war morgens und sie frühstückten. Nein, er hatte nicht geträumt, sondern sich so intensiv an die Begegnung mit Tony erinnert, dass er sie gleichsam noch einmal erlebt und dabei die Gegenwart völlig aus seinem Bewusstsein verdrängt hatte.

Er gab sich noch einmal ganz der seligen Erinnerung an das Erlebnis vom Vortag hin und ahnte dabei, dass er nie wieder etwas erleben würde, das diesem kostbaren Augenblick gleichkäme. Er erkannte auch, wie bedeutend diese Begegnung gewesen war und wie sehr sie sein Leben verändern würde. Wahrscheinlich würde er Tony nie wiedersehen, aber dieses erste Mal würde er nie vergessen.

32

Als Domino einige Tage später wieder einmal zur Clique von der Allee ging, sahen alle auf den ersten Blick, dass er sich verändert hatte. Aus jeder noch so beiläufigen Geste sprach eine Selbstsicherheit, wie man sie bislang nicht an ihm gekannt hatte, sein Blick hatte etwas Verschlagenes bekommen, und das kaum sichtbare Lächeln, das er zur Schau trug, ließ ahnen, dass er die ganze Welt am liebsten lauthals verlacht hätte.

Maguy nahm von indiskreten Fragen Abstand und wartete, bis Domino sich aus eigenem Antrieb erklären würde. Als er sich ihm dann anvertraute, hörte er voller Stolz und durchaus genüsslich zu, wie sein junger Schützling von seinem ersten Mal berichtete. Domino fühlte sich, als wäre er von schweren Ketten befreit, und war noch immer ganz verblüfft, dass alles so mühelos verlaufen war. Am liebsten hätte er jedem, den er kannte, von seinem Erlebnis erzählt, doch aus Schamgefühl, mehr jedoch noch aus Vorsicht, hielt er sich zurück. Mit Maguy dagegen war es anders.

Den schönen Schweizer bekam er nie wieder zu sehen. Jeden Abend vor dem Einschlafen versuchte er, sich seine Erscheinung, sein Gesicht, seine Haut, seine Gestalt in Erinnerung zu rufen. Vergebens. Ihre Begegnung war ihm noch lebhaft gegenwärtig, jede einzelne Phase, jede einzelne Empfindung. Er sah die Farbe seiner Augen und seiner Haare vor sich, roch sein Parfüm, das wie Ceylon-Tee nach Zitrone duftete, doch sein Gesicht war verschwunden. Niedergeschlagen musste Domino erkennen, dass auf die Erinnerung kein Verlass war.

Als zunehmend bekannt wurde, welchen Schritt er gemacht hatte, boten sich ihm immer mehr Gelegenheiten, seine sexuelle Entwicklung, die noch ganz am Anfang stand, voranzubringen. Schon bald erkannte er, dass die flüchtigen Umarmungen, die französische Variante, die Vergnügungen zu mehreren, kurz, jedes Liebesspiel, bei dem die Liebe fehlte, ihm nicht behagte. Nach etlichen enttäuschenden Erfahrungen beschloss er, sich nicht mehr auf diese »amerikanische Gymnastik« einzulassen, Nein zu sagen und erst seine eigenen Sehnsüchte zu stillen, bevor er sich denen der anderen widmete.

Fafa und Maguy verstanden ihn nicht. Maryline jedoch, den er lange nicht gesehen hatte und dem er eines Tages, als er auf dem Weg zu seiner Mutter war, an der Treppe an der Place Sadi-Carnot begegnete, erkannte genau, was ihn bewegte. Nachdem er sich dafür entschuldigt hatte, dass er so lange nichts von sich hatte hören lassen, beteuerte er, wie froh er über die Fortschritte seines Schützlings war. Noch immer fühlten sie sich einander innig verbunden, und die Freude über das Wiedersehen war groß. Doch Domino spürte, dass es Maryline nicht wirklich gut ging.

»Ist alles in Ordnung?«

»Nein. Du kannst dich doch noch an Philippe erinnern, oder? Wir waren drei Monate zusammen, aber jetzt werden wir uns wohl trennen.«

»Liebst du ihn nicht mehr?«

»Noch immer so wie am ersten Tag. Aber seine Impotenz macht ihm zu schaffen und er glaubt, ich bin nur noch aus Mitleid mit ihm zusammen. Er findet, er ist kein richtiger Mann mehr, weil er keine Erektion mehr bekommt. Und er ist fest davon überzeugt, dass Vögeln absolut dazugehört. Wie ein waschechter Hetero. Er will einfach nicht verstehen, dass Liebe nicht nur etwas mit Sex zu tun hat, dass ich ihn liebe, weil er so ist, wie er ist, und nicht wegen dem, was er zwischen den Beinen hat. Manchmal frage ich mich, ob er mich noch liebt.«

Angesichts der Tränen seines Freundes fühlte Domino sich hilflos. Ihm blieb nichts anderes, als ihn in den Arm zu nehmen. Als er ihn festhielt, wurde ihm bewusst, dass er selbst erwachsen geworden war. Was hatte er nicht alles erlebt, seit sie sich auf der Allée de Meilhan kennengelernt hatten! An diesem Tag gingen sie zum ersten Mal nicht auseinander, bevor sie die Treppen hinaufstiegen, die in ihr Heimatviertel Le Panier führten, sondern nahmen gemeinsam, ohne ein weiteres Wort, die Stufen rechter Hand.

33

»Monsieur Rosati, wären Sie wohl so freundlich, von Ihrer rosa Nylonwolke herabzusteigen, die so hübsch zu Ihrem Hemd passt? Oder sollte ich besser sagen: zu Ihrer Bluse? Wären Ihre Zensuren in Englisch so exquisit wie das Farbenarrangement Ihrer Kleidung, so hätten Sie eine Auszeichnung vollauf verdient. Da jene aber eher umgekehrt proportional zu dieser sind, darf ich Sie bitten, das Klassenzimmer zu verlassen und beim Direktor vorstellig zu werden, dem es eine Freude sein wird, Ihnen auseinanderzusetzen, dass, solange nicht das Gegenteil bewiesen ist, die Farbe Rosa ausschließlich jungen Damen vorbehalten bleibt.«

Domino war verärgert und wusste nicht, was er erwidern sollte. Nicht zum ersten Mal brachte dieser unausstehliche Englischlehrer, der so vertrocknet wie eine alte Weinrebe war, in aller Öffentlichkeit seine Missbilligung bezüglich Dominos Kleidung zum Ausdruck, die nicht immer den Vorschriften entsprach. Er stand auf und ging hinaus, ohne den Puddingfresser eines Blickes zu würdigen. Doch bevor er die Tür hinter sich schloss, konnte er es sich nicht verkneifen, zum Amüsement seiner Kameraden mit schriller, aber doch sinnlicher Stimme »Goodbye, my sweeties!« in den Raum zu rufen. Allgemeines Gelächter begleitete ihn hinaus.

Weil es schon fast vier Uhr und die letzte Stunde war, schenkte er sich den Besuch beim »Direx« und schlich sich auf Zehenspitzen unbemerkt aus der Schule.

Nicht ohne ein bestimmtes Vorhaben: Er wollte Maryline abfangen, wenn dieser aus der Friseurschule kam.

»Das ist echt extra, dass du mich abholst. Aber mir scheint, wir müssen bei Dir mal wieder die Farbe auffrischen und nochmal ordentlich glätten. Ich muss mich mal wieder gründlich um dich kümmern, du siehst ja nach gar nichts mehr aus!«

Domino fühlte sich nicht gekränkt, er wusste nur zu gut, dass das eben Marylines Art war, ihm zu zeigen, dass er ihn mochte. Wie er selbst tat auch Maryline sich schwer, seine Zuneigung auszudrücken. Ein übertriebenes Schamgefühl engte sie ein, und beide fühlten sich unwohl bei maßlosen Gefühlsausbrüchen, stürmischen Umarmungen und ausdrücklichen Komplimenten. Als sie sich einmal diesbezüglich einander anvertraut hatten, waren sie auf eine mögliche Ursache gestoßen. Maryline hatte diese Zurückhaltung damit erklärt, dass ihre Mütter nicht liebevoll genug mit ihnen umgegangen waren. Dabei hatten sie auch festgestellt, dass ihre Mütter sie kaum je in den Arm genommen hatten.

»Verstehst du dich mit deiner Stiefmutter noch immer so gut?«

»Ja.«

»Klasse. Dann frag sie doch mal, ob du für zwei Tage weg darfst. Denk dir irgendeinen Vorwand aus. Dann fahren wir zusammen nach Cannes.«

Domino sah ihn mit großen Augen an. Tausend Gedanken schossen ihm durch den Kopf, aber heraus brachte er nur einen:

»Aber ich hab doch gar nichts anzuziehen!«

Maryline prustete los.

»Für das, was wir da machen, brauchst du nicht viel.«

Ohne Weiteres bekam er von Amina die Erlaubnis. Sie gab ihm sogar etwas Geld, damit er nicht auf die Eltern des Freundes angewiesen war, bei dem er, wie er behauptete, das Wochenende verbringen würde. Er packte ein wenig Kleidung in seine Lafuma-Sporttasche und ging zur Bushaltestelle, wo er mit Maryline verabredet war. Mit dem Bus wollten sie nach Aubagne fahren, wo das Abenteuer beginnen sollte.

Um neun Uhr erreichten sie die Endhaltestelle. Zu Fuß gingen sie aus dem Ort hinaus – es war ein herrlich sonniger Tag

–, postierten sich am Straßenrand, streckten die Daumen aus, setzten ihr bezauberndstes Lächeln auf und warteten gespannt darauf, dass ein Auto sie mitnahm. Über zweihundert Kilometer trennten sie von ihrem Ziel. Maryline, der mit dieser Methode der Fortbewegung vertraut war, schätzte, dass sie Cannes zwischen drei und sechs Uhr erreichen würden.

»Die olympischen Götter sind auf unserer Seite«, flüsterte er Domino zu, als sie in einen violetten Renault Dauphine stiegen.

Sie hatten keine zehn Minuten warten müssen. Und sie hatten Glück: Das junge Paar, das sie mitnahm, fuhr bis Saint-Raphaël. Während der Fahrt versuchte Domino, sich die Namen all der Orte zu merken, durch die sie kamen, und die er noch nie zuvor gehört hatte: Saint-Maximin, Nans-les-Pins, Brignoles, Les Arcs, Le Luc, Vidauban, Fréjus. Als sie sich von den beiden verabschiedeten, war es noch nicht einmal zwölf Uhr. Vor Freude darüber, dass sie so schnell ein ordentliches Stück Weg zurückgelegt hatten, schlug Maryline vor, dass sie sich in einem Bistro ein kleines Panaché mit viel Limonade und ein leckeres Thunfischbrötchen gönnten. Allerdings sollten sie nicht zu lange Pause machen, um Fortuna nicht zu verärgern, die bestimmt am Straßenrand auf sie wartete.

Wieder war das Glück auf ihrer Seite. Ein purpurroter Simca Chambord hielt an und nahm sie mit. Als sie es sich auf den eierschalenfarbenen, mit bordeauxroter Bordüre verzierten Ledersitzen – war das echtes Leder? – bequem gemacht hatten, fühlte Domino sich wie die Heldin in einem Film von Hitchcock, die auf einer gewundenen Küstenstraße die Riviera entlangrast, auf dem Weg nach Monaco, wo sie einen Liebhaber zu finden hofft.

Domino war so in seine schwärmerischen Gedanken versunken, dass er beinahe gegen den rechten Vordersitz geschleudert worden wäre, so abrupt hatte der Wagen gebremst. Die Beleidigungen, die ihnen der Mann am Steuer entgegenbrüllte, waren eindeutig. Die »dreckigen Schwuchteln« sollten auf der Stelle sein Auto verlassen, das sonst leicht zu einem Henkerskarren würde. Zwar drückte er sich nicht so bildhaft aus, aber sein aggressiver Ton und die Schläge, die er Maryline zu verpassen versuchte (der jedoch, beweglich wie ein Aal und listig wie ein junger Fuchs, seinen Fäusten geschickt auswich), ließen keinen Zweifel an seinen Absichten.

Kaum waren sie draußen, suchten die beiden Jungs das Weite und waren erleichtert, als der Chambord davonbrauste.

»Dieser Idiot! Ich wollte ihn doch nur ein bisschen verwöhnen, ich dachte, das würde ihm gefallen«, sagte Maryline empört.

»Wie konntest du nur? Er hätte uns umbringen können«, entgegnete Domino verständnislos.

»Ich hatte vergessen, dass du auch noch da warst. Wenn keiner zuschaut, machen die nämlich alle mit.«

»Schon klar. Und jetzt kommt er vielleicht mit ein paar Kumpels zurück und verpasst uns eine ordentliche Abreibung. Du bist einfach unverbesserlich! Und jetzt stehen wir mitten im Nichts.«

»Der ist nicht aus der Gegend. Das war an seinem Nummernschild zu erkennen. Das Nummernschild ist das Erste, worauf du achten musst, wenn du in ein fremdes Auto steigst. Hat dein Sprachlehrer dir denn gar nichts beigebracht?«

Auf diese schwungvoll hingeworfene spitze Bemerkung ging Domino nicht ein. Er war nach dem, was sich gerade ereignet hatte, noch immer starr vor Entsetzen.

»Jetzt zieh' nicht so eine Schnute, es ist noch ein ganzes Stück bis Cannes. Und immer hübsch lächeln, du weißt doch, was Edith Piaf singt: ›Den Mädchen, die 'ne Schnute zieh'n, schaut keiner hinterher.‹«

Maryline fasste seinen Schützling an der Hüfte, fing an, aus voller Kehle »L'Accordéoniste« zu schmettern, und zog Domino mitten auf der Straße in einem schwungvollen Walzer mit sich. Domino fiel ein, und die beiden Freunde sangen im Gleichklang und wiegten sich dazu. Von »La valse à mille temps« bis zum »Donauwalzer« bekamen die Zikaden das gesamte Walzerrepertoire der beiden zu hören, bis plötzlich das Dröhnen einer Hupe ihre improvisierte Darbietung unterbrach. Mit einem Satz retteten sie sich an den Straßenrand. In einigen Metern Entfernung kam der Wagen, der an ihnen vorübergesaust war, zum Stehen. Ein türkisblauer Renault Floride, ein todschickes Cabrio.

»Heilige Caroline, Dank sei dir für so viel Güte«, säuselte Maryline.

Er schnappte sich seine kleine Tasche und lief auf den Fahrer des Wagens zu, der ein rosa Hemd trug und ein strahlendes Lächeln zur Schau stellte, mit dem er aussah, als sei er geradewegs der Werbung für Colgate-Zahnpasta entstiegen.

»Beeil dich, Domino, das ist Régine!«

Domino kannte diesen Heilsbringer nicht, fand ihn aber auf den ersten Blick sympathisch. Régine hieß in Wirklichkeit Jeannot und war aus Marseille, ja sogar aus Le Panier. Er war älter als sie, um die siebenundzwanzig. Er arbeitete als Barkeeper in einer der amerikanischen Bars in dem Viertel rund um die Oper und fuhr gleichfalls übers Wochenende nach Cannes. Dort wollte er in den Lokalen nach Anregungen für die Marseiller Nächte Ausschau halten.

»Wenn ihr heute Abend noch nichts vorhabt, dann kommt doch ins La Jungle, das ist zurzeit der angesagteste Nachtclub von Cannes.«

»Was für ein irrer Zufall, dass wir dich getroffen haben«, entgegnete Maryline.

»Es gibt keine Zufälle«, orakelte Régine. »›Der Zufall ist das Pseudonym, das der liebe Gott wählt, wenn er inkognito bleiben will.‹ Und jetzt einsteigen, Mädels!«

So passierten sie also weitaus früher als erwartet das Ortsschild von Cannes, von »Cannes la Braguette«, wie Léo Ferré die Stadt besang.

Jeannot setzte sie vor dem Hôtel de Bourgogne ab und sie vereinbarten, sich nach dem Abendessen im Zanzibar zu treffen.

34

»Warte dort vorne in dem Bistro auf mich. Ich fülle nur eben das Anmeldeformular aus und hole dich dann ab. Du bist noch minderjährig, deswegen darf man im Hotel nichts von dir wissen«, erklärte Maryline.

Die Inhaberin hatte hauptsächlich schwule Gäste und überprüfte nie, von wem diese Besuch bekamen, aber sicherer war es, jeden bürokratischen Ärger von vornherein zu vermeiden. Hatte Maryline sich erst einmal angemeldet, konnte er ohne Weiteres jemanden mit auf sein Zimmer nehmen. Gerüchten zufolge war der einzige Sohn der Besitzerin mit achtzehn von zu Hause abgehauen, weil sein Vater nicht akzeptieren wollte, dass er homosexuell war, und die Besitzerin hoffte, nachdem sie nun schon seit drei Jahren nichts von ihm gehört hatte, einer ihrer jungen Gäste brächte ihr eines Tages Neuigkeiten von ihm. Daher ihr tolerantes Verhalten. Durch diese Erklärung beruhigt, ging Domino in die Bar du 24 août, um dort vor einem *panaché* auf Maryline zu warten. Dieser war nach zwanzig Minuten wieder bei ihm.

Das Zimmer war winzig, das Bett schmal, aber im Bad hing ein Spiegel, der so groß war, dass sie sich sofort wohlfühlten. Sie waren nicht nach Cannes gekommen, um zu schlafen, und schon gar nicht, um sich zu erholen. Sie hängten ihre Kleider in den Schrank, sprangen rasch unter die Dusche, schlüpften eilig in eine der drei Kombinationen, die Maryline sorgfältig zusammengestellt hatte, und zogen los, um sich auf der Croisette umzusehen, dem Ort in dieser Stadt des Verderbens, an dem in Sachen Abschleppen am meisten los war.

Der Strand lag nur zwei Minuten von ihrem Hotel entfernt. Domino war gebannt von dem Anblick, der sich ihm darbot und den er, weil es noch hell war, in vollen Zügen genießen konnte. Eine endlose Reihe imposanter weißer Gebäude, von der untergehenden Sonne in goldenes Licht getaucht. Eine vierspurige Straße, in deren Mitte eine doppelte Reihe von Pinien verlief. Und dann das Meer. Kein Vergleich zu den Stränden von Marseille. Zu Füßen dieser geballten Modernität schien es eine andere Gestalt anzunehmen.

Inmitten dieses Defilees von Gebäuden, von denen eines eleganter als das andere war, und wo in den Boutiquen im

Erdgeschoss ein fast schon obszöner Luxus zur Schau gestellt wurde, lag das Carlton, das edelste aller Juwelen. Domino wollte alles sehen, und Maryline gab bereitwillig den Touristenführer, achtete jedoch darauf, dass sie sich nie zu weit von dem Park an der Croisette entfernten, denn das war der Ort, an dem man gesehen werden musste.

Sie setzten sich auf die Brüstung oberhalb des langgestreckten, hellen Sandstrandes, und Maryline zeigte Domino alle Gebäude, die sie von dort aus sehen konnten: das Majestic, das Gonnet et de la Reine, das Gray d'Albion, das Grand Hôtel, das Miramar, das Carlton, das Martinez. Auch die gerade angesagten Bars erwähnte er, wie die Blue Bar und das Chunga, sowie den Palast des Filmfestivals und, am anderen Ende der Croisette, das Palm Beach, ein exklusives Casino, in dem die legendäre letzte Szene des Films *Lautlos wie die Nacht* spielte.

Während Maryline diese Litanei herunterbetete, ließ er das Treiben um sie herum nicht eine Sekunde lang aus dem Blick. Mit Adleraugen machte er in der Menge der Passanten jene aus, die wegen etwas anderem als des mondänen Flairs hierhergekommen waren. Als Domino sich auf einen frei gewordenen Stuhl setzte, um den überwältigenden Ausblick auf die Bucht zu genießen, in der zahllose Jachten vor Anker lagen und wo in der Ferne, reglos wie zwei Ozeandampfer im Hafen, die Îles de Lérins zu sehen waren, scheuchte Maryline ihn sofort wieder auf und ermahnte ihn dazu, ihr schmales Reisebudget lieber für Sinnvolleres aufzusparen. In Cannes wurde mit allem Geld gemacht, und auch die Benutzung der Stühle kostete etwas. Außerdem war es Zeit fürs Abendessen.

Die beiden jungen Männer durchquerten den Park an der Croisette und gingen in ein Selbstbedienungsrestaurant, wie Domino es in Marseille noch nie gesehen hatte. Die Wandverkleidung war aus blauem Plastik und spiegelte sich auf den Tischen und Stühlen aus weißem, glänzendem Resopal. Man nahm sich ein Tablett aus Holzimitat, ging eine lange Theke entlang und wählte dabei aus einem breit gefächerten Angebot eine Vorspeise, ein Hauptgericht und einen Nachtisch aus. Der jeweilige Preis war angegeben, sodass man sich ein Menu zusammenstellen konnte, dass den eigenen Mitteln entsprach.

Das Essen war vorzüglich, und Maryline war erstaunt angesichts der kindlichen Begeisterung, die Domino an den Tag legte. Er verstand diese Haltung nicht, die auch Domino selbst nicht hätte erklären können. In all den Jahren seiner Kindheit hatte er eine ausgeprägte Überlebensstrategie entwickelt. Er hatte sich bemüht, in den Dingen, Situationen und Menschen, die für ihn unerreichbar waren, immer das Schöne zu sehen, sich einen unerschütterlichen Optimismus zu bewahren, die Hoffnung tief in seinem Herzen zu verankern und felsenfest an sein Schicksal zu glauben. Schon immer war er mit der Gewissheit durchs Leben gegangen, früher oder später im Dreck auf Diamanten zu stoßen. »Lache, bevor du weinst, sonst weinst du irgendwann, ohne gelacht zu haben« – nach dieser Devise hatte er gelebt.

Nach dem Essen sahen sie zu, dass sie diesen Ort verließen, der nach Marylines Ansicht nur einem Zweck diente, nämlich satt zu werden. Sie wollten so schnell wie möglich zu Jeannot.

35

Die Rue d'Antibes und das Zanzibar befanden sich ganz in der Nähe. Am Ende der Straße lag eine Tür mit Spitzbogen, die mit einer buntkarierten Scheibe aus trübem Glas gefüllt war und einen Hauch von Verruchtheit verströmte. Als sie das Lokal betraten, das vor vielen Jahren ein Schuppen zur Aufbewahrung von Booten oder Fischernetzen gewesen sein musste, wurden sie nicht enttäuscht. Im gedämpften Licht lag, erfüllt von dichten, bläulichen Rauchschwaden, ein ganz und gar ungewöhnlicher Ort. Die feuchten Mauern des Gewölbes schmückten Wandgemälde, auf denen junge, vor Begierde strotzende Matrosen zu sehen waren, wie sie den geheimsten Fantasien von Antonin Soungouroff entsprungen waren, einem Maler, der in der Region eine Größe war. Das Zanzibar verstand sich als Schlupfwinkel für die Matrosen der Stadt, und die Gäste hier schwammen alle gegen den Strom.

In dem vollen Lokal herrschte eine warmherzige Atmosphäre, und in dem langgezogenen Raum, der nur einen Eingang hatte, war kein leichtes Vorankommen. Am hinteren Ende entdeckten sie Jeannot, der an einem der wenigen Tische thronte, die diese Bar mit kosmopolitischer Atmosphäre zu bieten hatte. Er bat sie, Platz zu nehmen, und stellte sie seinen Freunden vor, die aus den unterschiedlichsten Ländern stammten. Maryline und Domino konnten nur staunen, wie gut sein Englisch war. Jeannot war ganz angetan von ihren Komplimenten und nutzte die Gelegenheit zu einem

Scherz und erklärte, er könne zwar mit verschiedenen Zungen sprechen, aber lieber noch mache er mit seiner Zunge ganz andere Dinge. Schallendes Gelächter ertönte am Tisch, und im Anschluss jagte ein Wortspiel das andere.

Seine beiden Schützlinge ließen sich keine Silbe des Gesprächs entgehen, zumal nun auch wieder Französisch gesprochen wurde. Getragen von der allgemeinen Hochstimmung erklärte Jeannot, er wolle von nun an nur noch Régine genannt werden. Der Älteste in der Runde war vermutlich noch keine dreißig. Und Domino, der von seinem Freund minutiös vorbereitet worden war, fiel nicht aus der Reihe. Er war selbstsicherer als je zuvor und fühlte sich als vollwertiges Mitglied der Gruppe. Mit seiner einnehmenden Art gelang es Jeannot, solche jungen Männer um sich zu scharen, die ihm am meisten nutzten. Er hatte sofort erkannt, wie sehr Maryline und Domino mit ihrer Jugend seine eigene charismatische Aura stärken würden, und sie daher in seinen innersten Freundeskreis aufgenommen.

Gegen Mitternacht gab Jeannot das Zeichen zum Aufbruch. Das Grüppchen ging die Rue d'Antibes entlang, die zu dieser Uhrzeit wie ausgestorben war. Sie kamen am Trois Cloches vorüber, aber Régine entschied, dass sie es links liegen lassen würden. Heute Abend sollte es ins La Jungle gehen, das noch ein Stück weiter entfernt in einer Seitenstraße lag. Dort würde die weltberühmte Santos gegen ein Uhr ihren großen Auftritt haben.

Domino hatte zunächst ein wenig Sorge, er könnte, weil er noch so jung war, nicht hineingelassen werden, war dann jedoch erleichtert, als die schwere Tür aus massivem Holz sich öffnete und der Türsteher, nachdem er seinen Kollegen aus Marseille erkannt hatte, die ganze Gruppe herzlich begrüßte.

Obwohl der Laden zum Bersten voll war, bekamen sie einen Tisch, und der Wirt spendierte ihnen sogar eine Flasche Whisky. Régine strahlte vor Stolz, und Domino war überglücklich. Als ein rasanter Madison einsetzte, zog Maryline alle mit sich auf die Tanzfläche. Der Mann an den Plattentellern legte jetzt eine tanzbare Nummer nach der anderen auf: Twist, Rock, »Mashed Potatoes« und Jerk, den Tanz, der in Amerika gerade der letzte Schrei war.

Als die Stimmung auf der Tanzfläche auf dem Höhepunkt war, brach die Musik abrupt ab. Leicht irritiert setzten sich alle wieder auf ihre Plätze. Schweinwerfer sprangen an und erleuchteten die Tanzfläche. Ein schöner junger Mann in Frack und Zylinder, geschminkt wie eine Bordsteinschwalbe, kündigte die Vorstellung an.

Zuerst trat eine ältere Dame auf, hochgewachsen, ausgesprochen dünn und mit viel zu viel Make-up im Gesicht. Mimosa – unter diesem Namen trat sie auf – trug ein gelbes Kleid, dazu Handschuhe, Hut und Schuhe in derselben Farbe, und gab mit stockender Stimme ein realistisches Chanson zum Besten, »Nuits de Chine«, wobei sie andauernd von bissigen Zwischenrufen unterbrochen wurde, aus denen sie sich jedoch nichts machte. Als ihr Klagegesang zu Ende war, knöpfte sie sich jeden einzelnen der Querulanten persönlich vor. Diese sarkastischen Duelle waren ein fester Bestandteil ihrer Nummer. Domino war anfangs noch entsetzt angesichts solcher Gehässigkeiten und begriff das Ganze erst nach einer Weile, durch das Gelächter und den Applaus, der auf jede spitze Bemerkung folgte.

Als Mimosa abgegangen war, lag das Lokal im Dunkeln, und von irgendwoher ertönte eine schmetternde Stimme:

»Sehr geehrte Damen und Herren« – wobei die Begrüßung der »sehr geehrten Damen« überflüssig war, da das Publikum nur aus Männern bestand – »wir dürfen uns stolz und glücklich schätzen, dass wir heute Abend die Ehre und das Vergnügen haben, Ihnen auf der Bühne des Jungle exklusiv einen internationalen Star zu präsentieren: Madame Santos!«

Aus den Lautsprechern dröhnte die Ouvertüre zu *Carmen,* und der grelle Lichtkegel eines Scheinwerfers fiel auf eine Gestalt, die so beleibt war, wie ihre Vorgängerin mager. Völlig übertrieben geschminkt. In abgerissener Kleidung von zweifelhafter Farbe, irgendwo zwischen schwarz und kackbraun. Ein breiter Schildpattkamm hielt mehr schlecht als recht ihr gekräuseltes Haar im Zaum, das vermutlich vor sehr langer Zeit zum letzten Mal gewaschen worden war, und ein Schultertuch mit Fransen, auf dem noch die Reste aufgestickter roter Rosen zu erkennen waren, sollten ihrem Aufzug eine spanische Note verleihen, ließ sie jedoch statt einer anmutigen stolzen Roma-Frau eher wie eine Hexe aussehen.

Sie erhob ihre Baritonstimme und ackerte sich durch die große Arie aus *Carmen*, wobei einer der Gäste als »Don Rosé de Provence« herhalten und ihre Beschimpfungen über sich ergehen lassen musste. Das Publikum johlte vor Begeisterung, während sie den Ärmsten schüttelte wie einen Pflaumenbaum, der seine Früchte nicht hergeben wollte. Weil sie den widerspenstigen Angebeteten um jeden Preis erobern wolle, so die abgetakelte Diva, werde sie sich nun restlos für ihn entblößen. Bei jedem Fetzen, den sie fallen ließ, brüllte das ganze Lokal vor Lachen und bescherte so der Matrone einen Triumph nach dem anderen. Maryline kamen vor Lachen die Tränen, und Domino verfolgte das Schauspiel mit aufgerissenen Augen.

Als die üppige Dame in Unterwäsche dastand, tat sie unter den anfeuernden Zurufen des Publikums erst so, als wolle sie ihren Büstenhalter lösen, ließ dann jedoch davon ab und zog den Schlüpfer aus. Darunter kam ein enormes Toupet aus schwarzem Haar zum Vorschein, das sie unter einem markerschütternden, viehischen Schrei lüftete. Die Menge schrie sich die Seele aus dem Leib. Schließlich stieß der falsche Sopran einen letzten Schmerzensschrei aus, riss sich das übergroße Pflaster von der Scham und enthüllte seine wahre Natur: »Madame Santos« war ein Mann!

Als sie die Diskothek verließen, graute bereits der Morgen. Régine, die schon ordentlich angeschickert war, erklärte, dass es Zeit war, noch etwas zu essen, und zwar Zwiebelsuppe. Weil keiner aus der Gruppe ihren spitzfindigen Humor verstand, ließ sie sie stehen und murrte etwas davon, dass die Party vorbei sei. Mit einem der Jungs im Schlepptau stieg sie in ihr türkisblaues Cabrio und verschwand am Ende der Straße.

Angesichts der fortgeschrittenen Stunde drängte Maryline darauf, zurück ins Hotel zu gehen, da ihre Wirtin vermutlich bald aufstehen würde. Einer aus der Gruppe, der für Marylines Charme durchaus empfänglich war, bot sich an, die beiden zu begleiten. Was dazu führte, dass Domino in seiner ersten Nacht im Hôtel de Bourgogne auf dem Boden schlief.

Es war schon spät, als Domino aufwachte, geweckt vom Wohlgeruch des heißen Milchkaffees, den Maryline unten bei der Hotelbesitzerin geholt hatte. Sie waren nur noch zu zweit, der portugiesische Freund hatte sich schon vor Längerem davongemacht. Maryline zufolge hatte der schöne Jüngling nicht gehalten, was er versprochen hatte. Vor allem aber hatte sie etwas anderes, viel Wichtigeres zu berichten, wodurch sich ihr Aufenthalt verkürzen würde: Weil die Bahn unvorhergesehen streikte, würden sie gratis nach Marseille zurückkehren können. Sie beschlossen, am Spätnachmittag aufzubrechen, nachdem sie noch ein paar Stunden am Strand verbracht hätten.

36

Als Domino und Maguy an einem Donnerstagnachmittag die Canebière hinaufgingen, fiel ihnen eine Gruppe Matrosen ins Auge, die, schon einigermaßen angetrunken, im Café Malassi saßen. Als sie an ihnen vorübergingen, schallten ihnen Pfiffe und anzügliche Bemerkungen entgegen. Die beiden Freunde ließen sich, aufrecht und stolz, wie sie waren, nicht aus der Ruhe bringen und taten so, als fühlten sie sich nicht angesprochen. Sie ließen die Beleidigungen an sich abprallen und beschleunigten nur kaum merklich ihre Schritte. Einer der betrunkenen Soldaten stand auf und wollte sich auf sie stürzen, landete jedoch auf dem Boden und war nicht mehr in der Lage, sich zu erheben. Jetzt wurde er selbst verhöhnt und musste den Spott seiner Saufkumpane über sich ergehen lassen. Eilig überquerten die beiden Freunde die Straße. Sie ahnten, dass sie einer unangenehmen Szene entkommen waren.

»Warum bleibst du denn stehen, Maguy? Willst du warten, bis sie uns eingeholt haben?«

»Nein, ich dachte nur … es kam mir vor, als wäre einer von ihnen Daniel.«

»Das ist jetzt wirklich nicht der Zeitpunkt, um rauszufinden, wer die sind!«

Es war bereits siebzehn Uhr, und die Dämmerung schritt zügig voran. Am Ausgang des Gymnasiums herrschte Gedränge, weil alle sich erst überwinden mussten, bevor sie durch die schmale Tür hinaus in den Regen traten, der schon den ganzen Nachmittag in Schauern herabprasselte. Domino wollte keine Zeit verlieren und schob sich durch die zögernde Menge. Die Regenschwaden trieben ihn an und er wollte so schnell wie möglich nach Hause gelangen, denn das Wetter machte einen Abstecher ins Stadtzentrum undenkbar. Plötzlich rief ihn jemand bei seinem Vornamen. Das war im Gymnasium nicht üblich, dort sprach man sich nur mit Nachnamen an. Irritiert drehte er sich um und war sprachlos, als er Daniel vor sich sah, in Zivil. »Daniel, der Matrose.«

Sie begrüßten sich, und Domino, den dieses unverhoffte Wiedersehen ein wenig aus der Bahn warf, war angenehm überrascht, als Daniel ihm erzählte, dass er alles sorgfältig geplant hatte, und vorschlug, ein Stück ihres Wegs gemeinsam zu gehen. Als sie die Wohnanlagen an der Rue Félix-Pyat erreichten, stellten sie fest, dass die Zeit wie im Flug vergangen war. Sie hatten über alles und noch mehr über nichts gesprochen, wollten sich aber auf keinen Fall schon trennen. Domino sagte Daniel, er solle vor seinem Haus auf ihn warten.

Als er wieder zurück war, setzten sie ihr Gespräch fort, an die Hauswand gedrängt und von den Balkonen der unteren Etagen vor den Regenböen geschützt. Zwei Stunden später erschien Marius, Dominos jüngster Bruder, und sagte ihm, Amina wolle, dass er nach oben komme.

An den darauffolgenden Tagen wiederholte sich die Szene. Wie ein Ritual. Nach dem Unterricht hielt Domino sich nicht mehr damit auf, mit seinen Schulkameraden vor dem Tor zu plaudern, sondern nahm einen kurzen Umweg und traf am Eingang des Universitätsgeländes mit Daniel zusammen.

Der Weg von dort zur Rue Félix-Pyat war zwar länger, aber so vermieden sie es, einem von Dominos Mitschülern oder jemand anderem zu begegnen, der ihnen ungelegen gekommen wäre. Der schöne Matrose berichtete von seinen Reisen und den Hafenstädten, die er angelaufen hatte, und erwies sich dabei als begnadeter Erzähler. Domino schilderte im Gegenzug sein aufgeräumtes Leben als Gymnasiast, berichtete davon, wie seine Familie zerbrochen war und sich neu formiert hatte, und dass er davon träumte, seine soziale Herkunft hinter sich zu lassen. Stillstand kannten ihre Gespräche nicht: Hatte einer geendet, übernahm der andere das Ruder. Die Zeit verging schnell, viel zu schnell, und jedes Mal hatten sie das Gefühl, einander kaum etwas anvertraut zu haben. Das Begehren war mit Händen zu greifen, aber keiner von beiden wagte es, das Gespräch darauf zu bringen.

Nachdem sie Maguy ins Vertrauen gezogen hatten, stellte dieser ihnen sein Apartment zur Verfügung. Als sie eines Sonntagnachmittags zu seiner Wohnung hinaufstiegen, konnten sie sich angesichts der Situation das Lachen nicht verkneifen: Hier in diesem Flur hatten sie sich im Schutz des Halbschattens zum ersten Mal geküsst. Kaum hatten sie die Tür hinter sich geschlossen, stürzten sie in eine Umarmung, die bestätigte, was sie schon seit Langem wussten: Sie waren wie füreinander gemacht.

Daniel beschloss, sich in Marseille niederzulassen. Er verließ die Marine, fand eine Anstellung, zu der auch ein Dienstwagen gehörte, und vor allem eine eigene Wohnung. Dort verbrachte das Liebespaar jeden Sonntagnachmittag und oft auch einige Stunden unter der Woche. Bei der illustren Clique von der Allee ließ Domino sich kaum noch blicken, doch dort nahm man ihm das nicht weiter übel. Er hatte seine bessere Hälfte gefunden und setzte alles daran, so viel Zeit wie möglich mit dem Menschen zu verbringen, ohne den alles reizlos geworden war. Seine Stiefmutter, die dem Charme ihres Lieblingsstiefsohns restlos verfallen war, nahm ihm in ihrer Naivität sämtliche Vorwände ab, die er erfand, um immer später nach Hause zu kommen und samstags manchmal sogar auswärts zu übernachten.

Ihre Übereinstimmung in sexueller Hinsicht war perfekt, doch auch über ihr leidenschaftliches Liebesleben hinaus waren Daniel und Domino einander innig verbunden. Fortwährend hatten sie einander etwas zu sagen, zu erzählen, anzuvertrauen. Oft unterhielten sie sich bis spät in die Nacht. Und wenn einer von beiden sagte: »Jetzt lass uns schlafen«, so nahm ihr Gespräch durch diese Zauberformel erneut an Fahrt auf.

Domino erlebte die Liebe, wie er sie sich immer erträumt hatte, in Person des großen Bruders, den er nie gehabt hatte, des Märchenprinzen, den er herbeigesehnt hatte. Und auch wenn dieser nicht auf einem edlen weißen Ross daherkam, sondern in einem marineblauen Peugeot 403 Kombi, auf dem das rot-weiße Logo der Firma Bendix prangte, für die er arbeitete, so war er doch sein ritterlicher Begleiter. War er selbst dann etwa eine Prinzessin?

37

Die Osterferien rückten näher. Als Maryline, den Domino und Daniel gelegentlich trafen, wenn sie am Wochenende ausgingen, ihnen vorschlug, das lange Feiertagswochenende in Saint-Tropez zu verbringen und dort bei der Mutter des berühmten Haarkünstlers »Alexandre de Paris« im Garten zu übernachten, stimmten sie sofort begeistert zu. Marylines Freund Philippe hatte bereits alles arrangiert, und der Ausflug würde so gut wie nichts kosten. Einem Trip in die rauschhaften Nächte von Saint-Tropez stand nun nichts mehr im Wege, ebenso einer Begegnung mit Brigitte Bardot und einem Sprung ins Meer, inmitten der Nudisten am Strand von Pampelonne.

Einstimmig beschlossen sie, nicht in Daniels Wagen auf Reisen zu gehen – der in ihren Augen zu unglamourös war –, sondern in Philippes jüngster Errungenschaft, einem pastellgrünen Peugeot 404. Die Campingausrüstung bekämen sie von ihrer Vermieterin gestellt. Diese vermietete in ihrer Villa im Ortsteil Les Carles zwar auch Betten in einem großen Zimmer, das sie zu einem Schlafsaal umfunktioniert hatte, doch ein Viererzelt versprach nach Ansicht der kleinen Reisegruppe weitaus mehr Spaß.

Als sie aufbrachen, hatte sich die Sonne verzogen und einem feinen Nieselregen Platz gemacht. Der Begeisterung der vier tat dies jedoch nicht den geringsten Abbruch. Die Ankunft am Nachmittag im regenverhangenen Saint-Tropez gestaltete sich allerdings nicht ganz problemlos. Nur mit Mühe konnten sie einen Passanten ausfindig machen, der ihnen den Weg erklärte. Doch als sie ihr Ziel erreicht hatten, ließ das milde Licht des Sonnenuntergangs die Weinreben funkeln, die das Anwesen ihrer Vermieterin umstanden, und dieses Schauspiel entschädigte sie für die vorausgegangenen Strapazen.

Ihre Vermieterin, die in ihrem schwarzen Kleid mit der lavendelblauen karierten Schürze einen gutmütigen Eindruck machte, erkundigte sich, ob sie eine gute Reise gehabt hatten, und lud sie auf ein Glas Zitronenwasser ins Esszimmer ein, das im provenzalischen Stil gehalten war und in dem die Vorhänge aus Cretonne bestens mit den nach Bienenwachs duftenden Möbeln aus Nussbaumholz harmonierten. In dem weitläufigen Garten hinter dem Haus stand unter einem ausladenden Feigenbaum ein echtes Militärzelt. Die vier waren angenehm überrascht, als sie in dessen Innerem vier Feldbetten vorfanden und feststellten, dass sie dort sogar aufrecht stehen konnten. »Madame mère« vergewisserte sich, dass es ihren Mietern, die ihr äußerst sympathisch waren (Philippe war so klug gewesen, die Rechnung unmittelbar nach dem Zitronenwasser zu bezahlen), im Rahmen dieses bescheidenen Komforts an nichts fehlte, und teilte ihnen mit, dass es um Punkt zwanzig Uhr Abendessen gab und das Frühstück zwischen halb acht und halb zehn auf der Terrasse bereitstand. Die vier taten so, als käme ihnen das alles sehr entgegen. Madame war geradezu beglückt und schenkte ihnen ein strahlendes Lächeln, das von einem Goldzahn gekrönt wurde. Sie warteten kurz, bis sie außer Hörweite war, und brachen dann in schallendes Gelächter aus.

Sie schoben die Betten etwas näher zusammen, und obwohl sie versuchten, eine gewisse Distanz zwischen den beiden Pärchen zu schaffen, wurde schon bald klar, dass in der Nacht handfestere Zärtlichkeiten tabu waren. Also würden sie sich das Zelt tagsüber nacheinander teilen. Maryline brachte noch eine weitere Möglichkeit ins Spiel, die allgemeine Zustimmung fand: die Duschen.

Sie gingen zum Auto zurück, um ihre Siebensachen zu holen, alle mit einem breiten Lächeln im Gesicht.

Nach dem Abendessen, bei dem sie Bekanntschaft mit den Gästen machten, die im Schlafsaal des Hauses nächtigten (eine treffende, aber etwas überzeichnete Kopie von Betty Boop und zwei äußerst sympathische Friseure aus Nizza), beschlossen die vier, ins Kino zu gehen. Man zeigte *Blondinen bevorzugt,* als posthume Hommage an die hinreißende Schauspielerin, die einige Jahre zuvor verstorben war. Maryline sah darin natürlich ein positives Omen und bemerkte, wie er es bei solchen Ereignissen oftmals tat: »Ich bin nicht abergläubisch, aber schaden kann es nicht.«

Als sie nach der Vorstellung das Kino verließen, waren sie hin und weg. Domino und Maryline konnten sich restlos mit den Hollywoodstars identifizieren. Maryline war ganz verrückt nach Jane Russell, der feurigen, dominanten Brünetten, Domino dagegen sah sein Ideal von Weiblichkeit in Marylin Monroe verkörpert: nicht zu groß, blond, mit blauen Augen, ausladender Brust und üppigem Hinterteil. In jeder Hinsicht so, wie er selbst nie würde sein können. Auf dem Weg zum Hafen spielten die beiden unter den verliebten Blicken ihrer Gefährten die Choreografie der berühmtesten Szene des Films nach, die sie auswendig kannten. Immer wieder lachten sie los und steckten mit ihrer Lebensfreude auch die wenigen Passanten an, denen sie begegneten. Popoff, der Gelato-König, hatte noch offen, und sie kauften dort riesige

Waffeln mit italienischem Eis, das sie sich schmecken ließen, während sie die imposanten Jachten bestaunten, die friedlich neben den rustikalen Kuttern der ortsansässigen Fischer vor Anker lagen. Vor dem Gorille saßen ein paar Gäste im Freien, die jedoch wenig anziehend auf sie wirkten, weshalb sie beschlossen, nach Hause zu gehen. Aus dem Inneren der Bar schien ihnen jemand etwas zuzurufen, doch schenkten sie dem keine Beachtung.

Nach dem Frühstück brachen sie, auf Vorschlag ihrer neuen Bekannten aus Nizza, zum Strand von Pampelonne auf. An den Privatstränden, wie dem Voile Rouge, dem Club 55 und anderen, fuhren sie vorüber und suchten sich eine Stelle auf dem langen öffentlichen Abschnitt. Jetzt, zu Saisonanfang, waren noch nicht viele Besucher da, und die geringe Anzahl an Urlaubern unterstrich nur noch die Atmosphäre von Exklusivität, die diesen Ort umgab. Der Tag verging mit Schwimmen, Sonnenbaden und auch einer kräftezehrenden Partie Volleyball. Es waren Stunden voller Glück, und der Anblick einiger Nudisten, die mit den Gendarmen Versteck spielten, verstärkte nur noch das Gefühl der köstlichen Leichtigkeit des Seins, wie sie auf dieser mediterranen Halbinsel herrschte.

Als sie spätnachmittags erschöpft nach Hause zurückkehrten, wollten Daniel und Philippe sich vor dem Abendessen noch ein kurzes Schläfchen gönnen. Domino und Maryline hielten das nicht für nötig. Nachdem sie rasch geduscht hatten, gingen sie hinunter zum Hafen, in der Hoffnung, einen Blick auf Brigitte Bardot zu erhaschen, die Schöne von La Madrague. Gekleidet, wie sie waren – der eine in himmelblauer Hüfthose aus Leinen und kurzärmligem weißem

Hemd, der andere in der gleichen Hose in beigem Ton und dottergelbem Baumwollpullover –, blieben sie nicht lange unbemerkt. Als sie den Tabakladen am Hafen verließen, stellte sich ihnen ein junger Kerl in den Weg, der kaum älter war als sie, und drohte ihnen Übles an, wenn sie nicht auf der Stelle aus der Stadt verschwänden, Saint-Tropez sei kein Ort für »Schwuchteln«. All das brachte er mit einer kalten Wut zum Ausdruck, die keinen Zweifel an der Ernsthaftigkeit seiner Absichten ließ. Wortlos zogen die beiden Freunde ab. Die Neugier auf BB war ihnen vergangen.

Zum Abendessen tischte ihre Gastgeberin köstliche *petits farcis provençaux* auf, doch Maryline brachte keinen Bissen hinunter. Er war krank und hatte seine Medikamente in Marseille vergessen. Ohne Rezept würde er sich keinen Ersatz besorgen können. Philippe schlug daher vor, nach dem Abendessen zurückzufahren, was auch Domino für die beste Lösung hielt. Die Wirtin stellte ihnen eine Gutschrift aus, die sie bei ihrem nächsten Aufenthalt einlösen könnten, verabschiedete sie aufs Herzlichste und legte ihnen nahe, vorsichtig zu fahren.

Die Stimmung auf der Rückfahrt war verhalten. Philippe und Daniel wechselten sich am Steuer ab, ohne im Geringsten zu ahnen, dass ihre beiden Gefährten, die auf der Rückbank schliefen, einer regelrechten Hinrichtung entgangen waren.

38

Juni. In Daniels Apartment im Stadtzentrum in der Rue de Rome konnten sich die beiden Verliebten, nach der Schule oder an jedem zweiten Wochenende, in grenzenloser Freiheit gegenseitig die Liebe beweisen, die sie füreinander empfanden.

Domino war glücklich, doch seine schulischen Leistungen litten unter seinem Privatleben, das von Dingen geprägt war, die mit der Schule nichts zu tun hatten und weitaus erfüllender waren. Daher war er wenig erstaunt, als er im Jahreszeugnis las, dass er die zehnte Klasse wiederholten musste. Wie es einer seiner Lehrer im laufenden Schuljahr ausgedrückt hatte: Er hatte sich zu sehr auf seinen Lorbeeren ausgeruht.

Aus Prinzip, aus Lust an der Provokation und ohne wirklich davon überzeugt zu sein, wehrte sich Domino gegen diese angeblich ungerechte Behandlung. Er wusste, dass sein Protest nicht gerechtfertigt war, wollte aber vor seinem Geliebten nicht das Gesicht verlieren. Liebe macht ja angeblich blind. Das mag sein, doch macht sie vor allem waghalsig und verleitet zu betrügerischem und unüberlegtem Handeln. So verfiel Daniel auf den Geniestreich, der Dominos Schullaufbahn retten sollte: Er würde sich als sein Halbbruder ausgeben und ihn in einem Gymnasium unter geistlicher Leitung anmelden. Sie entschieden sich für das Lycée Saint-Baptiste-de-la-Salle, und ohne die geringste Schwierigkeit – nur Schulgeld musste er bezahlen – schaffte Daniel es, Domino dort in der elften Klasse unterzubringen.

Der Sommer verging wie im Flug. Während der Ferien verbrachten die beiden Turteltäubchen so viel Zeit miteinander wie möglich. Daniel holte Domino jeden Werktagmorgen ab, und gemeinsam fuhren sie in Daniels Peugeot 403 Kombi in den Farben der Waschmaschinenmarke Bendix kreuz und quer durch die Umgebung von Marseille, um das Waschpulver Zoock, für das Daniel als offizieller Vertreter für das Departement Bouches-du-Rhône zuständig war, zu verkaufen, auszuliefern und anzupreisen.

Entlang der Durance entdeckten sie abgelegene Weiler, in Saintes-Maries-de-la-Mer machten sie Ausflüge zu Pferd, und in Aigues-Mortes bauten sie um ein Haar einen schweren Unfall, weil Daniel die unglückselige Idee gehabt hatte, seinem zart besaiteten Schützling das Fahren beizubringen.

Das Leben war wunderschön.

39

Als die Schule wieder anfing, hatte Domino wenig Mühe, Amina davon zu überzeugen, dass es gute Gründe für den Schulwechsel gab. Irgendwelche Probleme mit der Klassenstärke und mit Italienisch als zweiter Fremdsprache hatten zu einer Zusammenlegung geführt, weshalb er nun diese neue Schule besuchte.

Weil Amina ihm uneingeschränkt vertraute und vor allem, weil sie zum ersten Mal schwanger und daher mit anderen Dingen beschäftigt war als mit der Schullaufbahn ihres Stiefsohnes – den sie für hoch intelligent hielt –, befand sie diese Lösung für gut.

In seiner neuen Klasse fand Domino bald Anschluss. Die meisten seiner Mitschüler, allesamt ausgewachsene Faulpelze, waren sitzen geblieben, manche machten diese Klasse, an deren Ende der erste Teil des Bakkalaureats wartete, auch schon zum dritten Mal. Sie wurden von ihren Eltern angetrieben, deren größte Angst darin bestand, ihre Sprösslinge könnten sich als unfähig erweisen, die Hochschulreife zu erlangen, die als Schlüssel zu gesellschaftlichem Erfolg galt sowie als Beweis der guten Erziehung, die die jungen Leute genossen hatten.

Aber diese jungen Männer aus gutem Hause waren durchaus anderer Ansicht als ihre Eltern und hatten nichts im Kopf außer Sport, Musik, Kino und gelegentlich auch Mädchen. Am allerwenigsten jedoch die Schule. Solche verrückten Typen hatte Domino schon am Victor-Hugo erlebt, aber hier stellten sie die überwiegende Mehrheit. Sie waren von renommierten Gymnasien gekommen wie dem Thiers, dem Perrier oder dem Saint-Charles, und zwar meistens, weil sie dort hinausgeflogen waren.

Mit großer Zufriedenheit stellte Domino fest, dass keiner von ihnen ahnte, aus welch bescheidenen Verhältnissen er stammte, und noch viel weniger, welche sexuellen Vorlieben er hatte. Darüber hinaus bemühte er sich nach Kräften, seine Minderwertigkeitsgefühle nicht zu zeigen. Bewusst betonte er seine feminine Seite, weil er begriffen hatte, dass er aus seinem Anderssein Kapital schlagen musste. Schon bald hatte er sich durch seine witzigen Bemerkungen bei seinen Klassenkameraden ein gewisses Ansehen verschafft, die ihm ihrerseits mit Anspielung auf seinen Nachnamen den Spitznamen »Mo-Lisa« verliehen, was er als außerordentlich schmeichelnd empfand.

Wenn sie dienstags mit dem Bus zum Sportunterricht ins Vallier-Stadion fuhren, schmetterte die Klasse aus vollem Hals ein schlüpfriges Lied, das von dem »Haus der lila Blümelein« handelte, in dem sie sich »ans Schwänzelein« fassen ließen, und zwar von »Mona-Lisa, der das am besten kann«. Domino sang aus Leibeskräften mit und übertönte dabei alle anderen.

Er liebte seine neue Schule und fühlte sich dort genau am richtigen Ort, so sehr, dass er sogar voller Inbrunst an der Schulmesse teilnahm, die jeden Mittwochmorgen in der Kirche Notre-Dame-du-Mont stattfand.

Doch nicht nur etliche seiner Mitschüler waren ungewöhnliche Typen, sondern auch einige der Lehrer. Der, bei dem sie Französisch und Mathematik hatten – er unterrichtete beide Fächer –, sah aus, als wäre er zweihundert Jahre alt. Obwohl er stark gebeugt ging, bot er eine imposante Erscheinung. Mit seinen Hemden, die ihm fortwährend aus der Hose rutschten, seinen gepunkteten Fliegen und seinem weißen Bart sah er aus wie ein verrückter Professor aus den Science-Fiction-Comics, die Domino leidenschaftlich gerne las.

Daneben gab es auch einen jungen Lehrer für Geschichte und Geografie, der mit seinem eleganten und kultivierten Auftreten Mo-Lisa nicht kalt ließ.

»Mach den Mund zu, wenn du Gaudin anschaust, sonst merken die anderen noch, dass du damit lieber nach was anderem schnappen würdest als nach Fliegen.«

Domino drehte sich um. Vor ihm stand Pidoux, ein Schüler aus seiner Klasse, mit dem er sich noch nie richtig unterhalten hatte. Seine Worte ließen keinen Zweifel: Er hatte ihn durchschaut. Domino begriff, dass er nicht allein war, und versuchte gar nicht erst, irgendetwas abzustreiten. So entstand eine neue Freundschaft.

Christian Pidoux war ein schöner, athletischer Junge mit braunem, wirrem Haar, ein begeisterter Sportler (sein Vater unterrichtete Judo bei der Polizei), und erinnerte an junge Filmschauspieler wie Jacques Charrier, Alain Delon oder Gérard Blain. Er bot eine ziemlich männliche Erscheinung, doch wie er seinem neuen besten Freund anvertraute, fühlte er sich tief in seinem Inneren eher wie ein junges Mädchen. Seine Ähnlichkeit mit James Dean fand er unerträglich, und um sie so weit wie möglich zu kaschieren, hatte er eine Methode entwickelt, die Domino faszinierend fand: In der Pause postierte er sich vor einer der Glastüren, färbte sich mit einem roten Buntstift die Wangen, strich sich mit einem marineblauen über die Wimpern und brachte dann, breitbeinig dastehend, mit einem Kamm seine üppige Haarpracht in eine beeindruckende Form. Dergestalt aufgebrezelt stolzierte er durch die Gänge und wirkte dabei wie der Sohn von Samy Frey und Brigitte Bardot – zum einen wegen der dunklen Farbe seiner Haare und zum anderen wegen der Turmfrisur, die er so kess zur Schau stellte.

Er provozierte gern, und Domino sollte sich im Lauf des Schuljahres immer wieder seinen Angriffen und deren Folgen ausgesetzt sehen.

In Dominos Leben lief alles wie am Schnürchen. Die Wochenenden im Liebesrausch in Daniels Wohnung. Gelegentliche Besuche bei Maria im Mistral. Der Vater fortwährend auf Reisen. Seine Stiefmutter Amina, die niemals auch nur den geringsten Zweifel an den Erklärungen für sein regelmäßiges Fernbleiben von zu Hause hegte. Nichts schien die Ausgeglichenheit seines Alltags stören zu können.

Dann holte ihn eines Nachmittags, nachdem Pidoux schon eine Weile nicht mehr zum Unterricht erschienen war, der Prior mitten während der Stunde aus der Klasse. Die Katastrophe schien unvermeidlich. Als der Geistliche ihm in seinem Büro eröffnete, dass Christian von zu Hause abgehauen war, konnte Domino seine Bestürzung nicht verbergen. Der brave Mann Gottes sah, dass das Erstaunen des jungen Schülers nicht gespielt war, stellte ihm einige gezielte Fragen zu seinen literarischen und künstlerischen Vorlieben, die eine etwaige abweichende sexuelle Orientierung aufdecken sollten, und schloss aus dessen Antworten, dass er in der Angelegenheit nichts wusste.

Zwei Tage später nahm die Sache eine ernste Wendung. Domino wurde, zusammen mit seiner Stiefmutter, ins Polizeipräsidium vorgeladen. Pidoux war in Cannes in einem Hotel in Bahnhofsnähe aufgetaucht und hatte sich dort unter Dominos Familiennamen registriert. Er war in Begleitung eines jungen Mannes gesehen worden, der älter war als er, blondierte Haare hatte und überhaupt ein schrilles Äußeres zur Schau stellte. Domino, der von all dem nichts wusste, konnte die Beamten ohne Weiteres davon überzeugen, dass er die Wahrheit sagte, und versprach, ihnen jede Information zu übermitteln, die er beschaffen konnte.

Als er das Gebäude verließ, war das Lächeln aus seinem Gesicht verschwunden. Den Tränen nahe, hängte er sich bei seiner Stiefmutter ein. Sie strich ihm zärtlich über das Haar und erklärte ihm, dass es ihn nicht im Geringsten betraf, wenn einer seiner Klassenkameraden von zu Hause abhaute. Er sah sie an. Konnte sie denn ahnen, welche Ängste er ausgestanden hatte? Die Polizei war auf der Suche nach dem Sohn eines Kollegen und hatte dabei das angebliche Geschwisterverhältnis zwischen Daniel und ihm nicht weiter untersucht. Sein Liebster war erwachsen, er selbst jedoch noch minderjährig – sie waren gerade noch einmal davongekommen. Morgen würde er in Notre-Dame-de-la-Garde eine Kerze entzünden.

40

In der Schule wurde Domino zunehmend beliebter, was er erstaunlich fand, aber auch durchaus genoss. Mit der Zeit erkannte er, welches besondere Interesse er hervorrief. Ihm wurde klar, dass sich seine gemischte Abstammung, die ihn so oft hatte verzweifeln lassen, nun als Trumpf erwies. Weil er in dieser Hinsicht einzigartig war, hob er sich von den anderen ab, ragte aus der Menge heraus, war derjenige, der am ehesten in Erinnerung blieb. Denn am Lycée Saint-Jean-Baptiste-de-la-Salle gab es so gut wie keine Schüler mit schwarzer Hautfarbe. Im Lichte dieser Erkenntnisse änderte Domino sein Verhalten. Weil sich diese Eigenschaft, die er bislang als Schwäche angesehen hatte, nun als Stärke herausstellte, beschloss er, sie sich zunutze zu machen – und manchmal auch, sie zu missbrauchen. Es war wie mit dem Fahrradfahren, bei dem man erst nach mehreren Stürzen lernt, das Gleichgewicht zu halten.

So machte er in leicht rücksichtsloser Weise und auf Kosten seiner Nächsten die ersten Schritte ins Leben. Sein erstes Opfer war Daniel, der vor Liebesblindheit nicht erkannte, dass er als Versuchskaninchen missbraucht wurde. Domino ließ seinen Launen freien Lauf und stellte Forderungen, die Daniel stets erfüllte, wodurch ihre Beziehung eine ungute Wendung nahm. Ihr Zusammenleben, das sich bis dahin am heterosexuellen Modell orientiert hatte – der ältere Ehemann sorgt für die Bedürfnisse seiner geliebten Gattin –, verwandelte sich in ein Verhältnis, in dem nicht derjenige der Beherrschte war, der es zu sein schien. Diese Verschiebung der Verhältnisse hatte verhängnisvolle Folgen für ihre Zweisamkeit. Daniel war vierundzwanzig, war mit fünfzehn als Schiffsjunge bei der Marine ins Berufsleben getreten und hatte dadurch keine Jugend gehabt. Er handelte wie ein Erwachsener und machte sich Vorwürfe, weil er fürchtete, Domino könnte diese Jahre der Unbeschwertheit und der Entdeckungen, derer er selbst beraubt worden war, nicht in vollem Ausmaß genießen. Daher brachte er es nicht übers Herz, ihm etwas abzuschlagen, und war nicht in der Lage, die Absichten seines jungen Geliebten zu durchschauen, der einem Schachspieler gleich davon träumte, seinen Meister zu finden.

Als das letzte Trimester begann, verschwendete keiner von Dominos Klassenkameraden auch nur einen Gedanken an die bevorstehende Abschlussprüfung. Domino dagegen vertiefte sich in die Vorbereitungen. Am Wochenende ging er mit Daniel ins Kino, nahm sich aber nicht mehr heraus, allein auszugehen, wie er es bis dahin so gern getan hatte. Daniel vertraute ihm blind und war von seiner Treue überzeugt, und nichts hatte ihm mehr Freude bereitet, als aufzuwachen, wenn sein Geliebter nach Hause kam, und festzustellen, wie sehr er ihm gefehlt hatte, wie sehr sie einander brauchten, wie harmonisch ihr Zusammenleben war. Daher machte er sich nicht die geringsten Sorgen.

Dieser eheähnliche Trott, der dem einen so wertvoll war, behagte dem anderen jedoch im Grunde gar nicht. Aber in der Not frisst der Teufel Fliegen, und Domino sagte sich, dass er nach der letzten Abschlussprüfung, die in etwas weniger als vier Wochen stattfinden sollte, alles nachholen würde. Dass irgendjemand vom Saint-Jean-Baptiste-de-la-Salle bestehen würde, war mehr als unwahrscheinlich – die meisten von Dominos Klassenkameraden waren einfach zu schlechte Schüler, die sich außerdem nicht um die Prüfungen scherten. So wurden in seiner Klasse nur drei von achtundzwanzig zugelassen. Zu seiner großen Überraschung war er einer von den dreien, und er war der Einzige, der die Prüfung zum ersten Mal ablegte.

Die Ergebnisse wurden am Cours Honoré-d'Estienne-d'Orves ausgehängt, am Gebäude des *Méridional,* einer der drei Tageszeitungen von Marseille. Alle Gymnasiasten versammelten sich dort zum traditionellen Umzug und marschierten durch die großen Straßen der Stadt, riefen »Reiht euch ein!« und sangen dabei anzügliche Lieder oder skandierten obszöne Schülersprüche. Domino war mitten im Geschehen, glückselig inmitten all der »Kleinen«, die überschwänglich ihre Freiheit feierten. Den erhebendsten Moment des Tages erlebte er, als er Jeannot-Régine erblickte, der ihm mit einem strahlenden Lächeln aus Leibeskräften applaudierte. Domino fühlte sich wie der König der Stadt. Noch lieber wäre er allerdings ihre Königin gewesen …

41

Zu Hause in der Rue Félix-Pyat beglückwünschte sein Vater ihn strahlend und voller Stolz. Amina, die nicht weniger glücklich war, wusste erst nicht, wie sie ihren Stiefsohn belohnen sollte, entschied dann aber spontan, in die Stadt zu fahren und ihm ein elegantes Hemd mit hellgrünem Vichymuster zu kaufen. Antoine fand die Farbe ein bisschen schrill, stellte aber zur Feier des Tages und angesichts der Freude, von der sein Sohn beseelt war, seine Vorurteile hintan. Ohne lange nachzudenken entschied sich Domino, die zweite Hälfte des Bakkalaureats in Literatur und Philosophie abzulegen. Daher verwies ihn die Schulaufsicht wieder an eine öffentliche Schule, das Lycée Nord im Stadtviertel Saint-Louis.

Der Sommer verlief weniger harmonisch als im Jahr zuvor. Daniel wurde zunehmend häuslicher, und zwischen ihnen stellte sich eine Routine ein, die Domino mehr und mehr als belastend empfand. Sie stritten öfter und brauchten länger, um sich wieder zu versöhnen. Ihre Beziehung kannte immer mehr Konflikte, wurde jedoch kurzzeitig noch einmal gerettet, weil Daniel zum »Vertriebsleiter Côte d'Azur« befördert worden war und daher nach Nizza ziehen musste. Der räumliche Abstand tat ihnen gut. Freitags holte Daniel Domino in Marseille ab, und sonntagabends fuhr Domino mit dem Zug wieder zurück – ein neues Leben, das ihren Alltag auf wohltuende Weise auflockerte.

Als Domino den ganzen August wegbleiben wollte, erlaubte Amina es ihm ohne jede Diskussion. Daniel hatte in Cimiez, oberhalb von Nizza, ein kleines Häuschen gemietet. Idyllisch gelegen, bot es eine atemberaubende Sicht auf die Stadt, wo alles in sommerlichem Blau lag. Wie im Jahr zuvor in der Provence begleitete Domino Daniel auf dessen Touren durch das neue Gebiet. Gemeinsam durchkreuzten sie die Küstengegend westlich und östlich von Nizza, von Saint-Paul-de-Vence bis Villefranche, von Menton bis Mandelieu. Während dieser zahlreichen Fahrten wurde Daniel in Dominos Augen wieder der abenteuerlustige Kerl, als den er ihn kennengelernt hatte, der ihm Orte zeigte, die er noch nicht kannte, und ihm eine Überraschung nach der anderen bereitete. Frischer Wind und neu gewonnene Ruhe.

42

Der Beginn des neuen Schuljahres brachte für Domino eine große Veränderung. Zum ersten Mal fand er sich in einer gemischten Klasse wieder. Und gleichfalls zum ersten Mal musste er den Bus nehmen, um zur Schule zu kommen. Zunächst glaubte er, dass es ihm in einer gemischten Klasse schwerer fallen würde, sich zu integrieren, doch dann zeigte sich, dass darin vielmehr ein großer Vorteil lag. Seine männlichen Klassenkameraden richteten ihre Aufmerksamkeit nicht mehr ausschließlich auf ihn, was ihm eine Gelassenheit verschaffte, wie er sie in den Jahren zuvor nur selten verspürt hatte. Das weibliche Geschlecht zog alle Blicke der Jungen auf sich, wodurch deren dumpfes männliches Gehabe seine

Spitzen verlor und die Rivalität zwischen diesen jungen Hähnen befeuert wurde. Domino war, aus naheliegenden Gründen, niemals in solche Rangeleien verwickelt.

Die anderen hatten intuitiv verstanden, dass Domino für sie keinen Rivalen darstellte, und störten sich daher nicht daran, dass die Mädchen in der Klasse ihm so freundschaftlich begegneten. Dieses Wohlwollen brachte ihm die glücklichen Jahre seiner Kindheit in Erinnerung, als er in den Gassen von Le Panier so gern mit Mädchen gespielt hatte. Diese Seelenverwandtschaft kam ihm nun zugute und trug wesentlich zu seiner Beliebtheit bei, und Domino wurde, sehr zu seinem Erstaunen, zum Klassensprecher gewählt. Im Bus, mit dem sie zurück in die Stadt fuhren, in den langen Gängen des brandneuen Schulgebäudes, das auf dem Hügel von Saint-Louis oberhalb des großen Hafens thronte, in dem kleinen Bistro, in dem sich die Schüler vor, nach und manchmal auch während der Unterrichtsstunden trafen – überall war Domino der Anführer eines heiteren und bunt durcheinandergewürfelten Haufens, der davon träumte, die Welt zu erobern, oder sich doch zumindest kein bisschen davon entgehen zu lassen.

Das Unterrichtsniveau war hier höher als im Saint-Jean-Baptiste-de-la-Salle, und von dem freundschaftlichen Wettbewerb, der herrschte, profitierten alle. Wie seine Mitschüler begeisterte Domino sich für die Philosophie, dieses für ihn neue Fach, und mehr noch für ihren brillanten Lehrer, der sich nach Schulschluss manchmal zu ihnen gesellte, wenn sie in der Bar des Boulistes zusammensaßen, die ganz in der Nähe des Lycée lag und so etwas wie ihr Wohnzimmer war. Dort führten sie oft endlose Diskussionen. Sie vergaßen die Gegenwart mitsamt ihren Scherereien und arbeiteten sich an existentiellen Fragen ab. Mit dieser neuartigen Form des Unterrichts fühlte sich Domino rundum wohl. Hier musste er nicht mehr einfach nur nachbeten, was man ihm vorsetzte, sondern er konnte sich entwickeln und erfuhr Bestärkung. In allen Fächern erzielte er ausgezeichnete Noten, und es bereitete ihm die größte Freude, dazuzulernen und zu den besten Schülern seines Zweigs zu gehören.

So beruhigt wie Dominos Leben in der Schule war, so beruhigt verlief auch seine Beziehung mit Daniel. Doch verlor sie unweigerlich an Substanz. Die räumliche Entfernung hatte ihrer beider Gefühle schwächer werden lassen, und erst Routine und dann Ermüdung hatten zu einem Abflauen ihrer Liebe geführt. Schon bald fand Domino zahllose Ausreden, um nicht mehr übers Wochenende nach Nizza zu fahren. Daniel war in seiner neuen Position mit Arbeit überlastet und schaffte es nur noch selten, nach Marseille zu kommen. So gelangten sie in den letzten Novembertagen in einem sehr liebevollen und hellsichtigen Gespräch zu dem Schluss, dass das Ende ihrer gemeinsamen Zeit gekommen war.

Als ihr Stiefsohn, der sein Leben bis dahin fast gänzlich außer Haus verbracht hatte, nun keinen Fuß mehr vor die Tür setzte, wunderte sich Amina zunächst, doch schon bald freute sie sich darüber. Weil sie ihr zweites Kind erwartete, war sie froh, Domino um sich zu haben. Er war stets zur Stelle und half ihr bei allem, was im Haushalt anfiel. An den Wochenenden blieb er in seinem Zimmer und lernte eifrig für die Schule. Er wollte Rechtsanwalt werden, und um dieses Ziel zu erreichen, musste er sich ordentlich anstrengen. Sein kleiner Bruder Marius, mit dem er sich das Zimmer teilte, durfte nur noch zum Schlafen hereinkommen. Auch Amina achtete darauf, dass er sich daran hielt. So kam ein neuer Domino zum Vorschein, beflissen und voller Arbeitseifer. Seine Freunde aus der Clique von der Allee sah er längst nicht mehr, und er verspürte auch nicht die geringste Lust, abends auszugehen, ja nicht einmal, im Mistral vorbeizuschauen.

Als Antoine zu einer dreimonatigen Fahrt aufgebrochen war, hatte bei seiner jungen Frau ein erhöhtes Risiko einer Frühgeburt bestanden. Voller Sorge hatte er seinen Sohn gebeten, auf sie aufzupassen. Diese neue Verantwortung war für Domino ein zusätzlicher Ansporn, am Ende des Schuljahres das Bakkalaureat zu bestehen und sich so den Schlüssel zu sichern, der ihm die Türen zur Freiheit öffnen würde. Eines Sonntagabends, als Amina im siebten Monat war, geschah das, was alle befürchtet hatten: Die Wehen setzten ein. Weder sie selbst noch Domino verfielen in Panik. Der Arzt, bei dem Amina in Behandlung war, hatte sie genau instruiert, was in so einem Fall zu tun war. Während sie ihre Sachen packte, holte Domino ein Taxi. Als sie auf der Entbindungsstation ankamen, zeigte sich das Pflegepersonal überrascht von der Gelassenheit des »jungen Paares«, das ein frühgeborenes Baby erwartete. Marceline – so der Name der Kleinen – fand zunächst ihren Platz in einem Brutkasten.

Während der zwei Wochen, die Amina im Krankenhaus verbrachte, kümmerte sich Domino souverän um Marius und seine Halbschwester Suzanne. Als sie – ohne die kleine Marceline – von der Entbindungsstation zurückkam, stellte sie erfreut fest, dass er den Haushalt weitergeführt und seine Aufgabe bestens erfüllt hatte. Sie versicherte ihm, dass er von ihr verlangen könne, was er wolle, ihr wäre es das größte Vergnügen, ihm seine Wünsche zu erfüllen.

Einen Monat später durfte das Kleine zu seiner Familie. Als Antoine zurückkehrte, konnte er ein entzückendes kleines Mädchen in die Arme schließen.

43

Der Prüfungstermin rückte näher. Und die Nervosität stieg. Eines Nachmittags beschlossen Domino und zwei seiner Schulkameradinnen, in der Kirche Notre-Dame-de-la-Garde Kerzen zu entzünden. Die Basilika lag auf einem der beiden Teile eines Hügels, der in der Antike von einem Erdbeben durchtrennt worden war. Majestätisch thronte sie hoch über Marseille, und von ihrem Vorplatz aus bot sich eine atemberaubende Aussicht über die Stadt. Um ihren Bitten Nachdruck zu verleihen, erklommen angeblich manche Marseiller auf Knien die Treppen, die vom Fuß des Hügels zum Vorplatz führten.

Domino und seine Freundinnen stiegen in traditioneller Weise hinauf. Oben angelangt, genossen sie voller Entzücken das herrliche Panorama. In beiden Richtungen konnte man weit die Küste entlang sehen, von Les Goudes im Süden bis zu den Hügeln von L'Estaque im Norden. Im Meer lagen die Îles du Frioul und das Château d'If, die wirkten, als seien sie auf einer riesigen Stahlplatte festgeschraubt. Unterhalb der Kathedrale erstreckten sich die Häuser der Stadt, so dicht aneinandergedrängt, dass die Straßen nur zu ahnen waren. Die drei jungen Freunde machten sich einen Spaß daraus, die einzelnen Viertel zu identifizieren, was so schwer war, dass es nur geübten Betrachtern gelang. In der Ferne erhoben sich wie gigantische Festungsmauern das Massif de l'Étoile, das Massif de la Nerthe, die Sainte-Baume sowie die Hügel von Allauch, als wollten sie ihre Stadt gegen die Barbarenhorden schützen, die sie von Norden her zu bestürmen drohten. Nachdem die drei ihre Kerzen entzündet hatten, drückten sie einander für die Prüfung die Daumen.

Noch ganz aufgewühlt von ihrer Wallfahrt zur »Bonne Mère«, beschlossen sie, ihre mystisch-abergläubische Wanderung fortzusetzen und zur Abtei Saint-Victor zu gehen. Allerdings nicht, um dort in die Krypta zur Schwarzen Madonna hinabzusteigen, sondern mit der ganz profanen Absicht, in der angrenzenden Bäckerei ein paar von den köstlichen und weithin berühmten *navettes* mit Orangenblütengeschmack zu kaufen. An Mariä Lichtmess segnete der Pfarrer nach dem Hochamt zum Klang von Pikkoloflöten und Tamburinen körbeweise diese kleinen briocheartigen Gebäckstücke in Schiffchenform. Dann herrschte dichtes Gedränge, und nur wer viel Geduld und Frömmigkeit aufbrachte, schaffte es bis zur Verkaufstheke.

An diesem Tag war es jedoch anders, nur zwei Kunden standen im Verkaufsraum der Bäckerei. Zwei, die Domino wohlbekannt waren. Nachdem sich seine anfängliche Überraschung gelegt hatte, stellte er Maryline und Maguy seinen beiden Klassenkameradinnen vor. Diese waren ganz gebannt von der stilvollen Erscheinung, die die jungen Männer abgaben, und bekamen daher nicht mit, wie Domino ihre Namen murmelte, und noch weniger bemerkten sie, wie verlegen die drei auf einmal waren. Dabei fühlte sich nur Domino wirklich unwohl. Als sie die üblichen Floskeln ausgetauscht hatten, beklagte Maryline, ermutigt durch die warmherzige Art der beiden Mädchen, dass er seinen Freund gar nicht mehr zu Gesicht bekomme, und lud ihn ein, am folgenden Samstagnachmittag mit in einen neuen »echt extra Laden« zu kommen.

Die Mädchen hatten begeistert zugehört und baten darum, auch mitgehen zu dürfen. Domino sagte zu. Als er dann einige Tage später, in Begleitung seiner beiden Klassenkameradinnen Martine und Yolande, im L'Aquarium auftauchte, zog er alle Blicke auf sich. Martine, eine blonde Schönheit mit grünen Augen, sanftmütigem Blick und vollen Lippen, trug die Haare hoch aufgetürmt und ein Kleid mit rosa Vichymuster. Wie alle Mädchen in ihrem Alter versuchte sie, die Bardot zu imitieren, was ihr auch ausnehmend gut gelang.

Ganz anders dagegen Yolande, die sich Françoise Hardy zum Vorbild genommen hatte, jedoch mit weitaus weniger Erfolg. Das weiße Kleid im Stil von Courrèges, das sie sich im Lauf der Woche geschneidert hatte, war so gründlich danebengegangen, dass es aussah wie eine Zwangsjacke ohne Ärmel. Aber immerhin erregte das Trio Aufsehen.

Das verqualmte Lokal war gesteckt voll mit jungen Leuten, die mit ihrem aufgekratzten Treiben eine turbulente Atmosphäre schufen. Die Clique von der Allee war vollzählig versammelt. Als die Neuankömmlinge eintrafen, schaffte Maryline, ganz der aufmerksame Gastgeber, Platz für sie an seinem Tisch. Bei den ersten Takten von »Twist Again« standen alle gleichzeitig auf und stürmten auf die Tanzfläche. Mit verzücktem Lächeln, rudernden Armen und eng beieinander, ohne sich zu berühren, ließen Jungen und Mädchen zum Rhythmus der Musik Hüften und Schultern kreisen. Dann legte der Discjockey ein paar Songs auf, zu denen sich alle in Reihen formierten und in perfekter Manier Madison tanzten. Wer nachlässig war und aus dem Takt kam, wurde erbarmungslos an den Rand der Tanzfläche verbannt.

Ein Tanz folgte auf den anderen, und die Stimmung erreichte ihren Höhepunkt, als die ersten Nummern aus den Lautsprechern dröhnten, zu denen Rock getanzt wurde. Nach einigen Songs zum Aufwärmen hatten sich, umringt von den anderen, vier Paare in der Mitte der Tanzfläche versammelt und lieferten sich dort einen Wettstreit. Eines erregte bei dem jungen Publikum vom ersten Moment an besondere Aufmerksamkeit und Bewunderung. Es waren zwei junge Männer, die miteinander tanzten und mit einer Vielzahl akrobatischer Figuren Rufe der Begeisterung auslösten. Martine und Yolande jubelten lauter als alle anderen, und irgendwann skandierte, angefeuert von Maryline, das ganze Lokal: »Domino! Domino!«

Leicht wie eine Seifenblase, biegsam wie ein Schilfrohr und anmutig wie ein Rehkitz wirbelte Domino umher, geführt von den Armen eines kräftigen Kerls, vor dessen breitschultriger Gestalt seine waghalsigen Kapriolen nur noch graziler wirkten.

Als sie ihre Vorführung beendet hatten, wurden sie mit donnerndem Applaus bejubelt. Der Wirt spendierte sogar eine Runde Bier und Cola für den Tisch, an dem der Star des Tages saß. Als Dominos Tanzpartner sich zu ihnen gesellte, gaben sich Martine und Yolande kokett, der junge Mann hatte jedoch nur Augen für Domino und versicherte ihm, er kenne kein Mädchen, das so perfekt Rock tanze wie er. Dann stellte er sich vor: Er hieß Matthieu und studierte an der naturwissenschaftlichen Fakultät. Kurz darauf trat ein hübsches brünettes Mädchen zu ihm – seine Freundin. Maryline konnte nicht an sich halten und brach in Gelächter aus.

Beim Abschied versprachen alle einander, sich demnächst wiederzusehen. Maryline flüsterte Domino zu, sie würden »seinen Matthieu« schon sehr bald wieder treffen.

44

Am nächsten Montag verbreitete sich die Kunde von Dominos erstklassigen Fähigkeiten als Rock-Tänzer wie ein Lauffeuer in der Schule und war dank Martine und Yolande auch Tagesgespräch in der Klasse. Weitaus mehr als für seine akrobatischen Höchstleistungen bewunderten ihn seine männlichen Mitschüler dafür, dass er die beiden Mädchen zum Tanzen ausgeführt hatte. Schon bald wollten alle am nächsten Samstag »mit von der Partie« sein. Ohne mit der Wimper zu zucken, behauptete Domino, dieser Tanztee finde nur einmal im Monat statt und er würde ihnen den nächsten Termin mitteilen, sobald er ihn selbst kenne. Wenn er jetzt alles durcheinanderbrächte, würde es viel zu kompliziert!

Am Donnerstag holte Domino, der frischgebackene Luftakrobat der Tanzfläche, Maryline von der Friseurschule ab, weil er wissen wollte, ob dieser etwas von Matthieu gehört hatte. Maryline zeigte sich leicht überrascht, nahm ihn kurzerhand mit zur Clique von der Allee und tat so, als ahne er nicht, warum Domino wieder aus seiner Zurückgezogenheit hervorgekommen war. Dieser durchschaute ihn und spielte das Spiel mit, wartete, bis sein Freund etwas guten Willen zeigte und freute sich solange, René d'Aubagne, Maguy, Bob und all die anderen wiederzusehen. Jeder berichtete von seinen Erlebnissen, und als sie sich trennten, war Domino nicht dazu gekommen, die Frage zu stellen, derentwegen er diesen wallfahrtsartigen Besuch gemacht hatte. Wer war dieser Matthieu, und wo konnte er ihn finden?

In leicht hinterhältiger Manier hatte Maryline ihn sogar im Stich gelassen, als die Clique ihn einer ziemlich indiskreten Befragung unterzog, der er jedoch geschickt ausweichen konnte.

Es wurde Juni, und die Vorbereitungen auf die Prüfungen hatten begonnen, was Domino einen stichhaltigen Grund lieferte, seine Klassenkameraden nicht mit ins L'Aquarium zu nehmen. Martine und Yolande gingen daher allein dorthin, und von ihnen erfuhr Domino Neuigkeiten von dem jungen Mann, an den er sein Herz verloren hatte. Martine hatte sich ganz unverfroren an ihn herangemacht, sehr zum Verdruss von Yolande, und erwähnte, dass sie in den nächsten Tagen einmal mit ihm zu Mittag essen würde. Domino empfand das als Treulosigkeit, ließ sich aber nichts anmerken. Gleichwohl wuchs in seinem Inneren die Wut.

Während die Abschlussprüfungen für das Bakkalaureat immer näher rückten und Domino, der unbedingt diesen Schlüssel zur Zukunft erringen wollte, alles dafür tat und fleißig paukte, verkündete Martine eines Mittwochs in heller Aufregung, dass Matthieu sie mittags abholen würde. Unter einem lächerlichen Vorwand machte sie sich vor Unterrichtsende davon, unter den wütenden Blicken Yolandes und den vorgespielt gleichgültigen von Domino. Als diese beiden dann vor dem Schulgebäude auf Matthieu und Martine trafen, waren sie nicht wenig überrascht.

»Wir dachten, wir könnten zu viert etwas essen gehen«, sagte Martine und versuchte, ihre Enttäuschung zu verbergen.

Yolande fand die Idee natürlich »extra«, und Domino tat so, als erkenne er den schönen jungen Mann nicht wieder. Matthieu gab sich vollkommen natürlich und rief ihm ihre Begegnung im L'Aquarium in Erinnerung. Domino entschuldigte sich tausendfach, und als sie beim Essen saßen, beherrschten die beiden Männer das Gespräch, sehr zum Leidwesen der jungen Damen. Und als sie sich trennten, vereinbarten sie sogar, sich am darauffolgenden Sonntag wiederzusehen.

Die Freundschaft, die Domino und Yolande mit Martine verband, litt freilich ernsthaft unter diesen Ereignissen. Doch zum Wochenende hin entspannte sich die Atmosphäre, und das wiedervereinte Trio ging wie vereinbart ins L'Aquarium. Dort trafen sie auf den schönen Matthieu, der sie jedoch nur aus der Ferne grüßte, wobei ganz offenbar seine Zukünftige, die an seinem Arm hing wie ein Koala am heimischen Eukalyptusbaum, der Grund für diese befremdliche Distanziertheit war. Die drei nahmen es mit Humor, und ihre Aussöhnung wurde dadurch nur noch bekräftigt.

Dann kam der Tag X, der Tag der Bakkalaureatsprüfungen. Sie waren anstrengend, doch Domino nahm alle Kräfte zusammen – und bestand. Er erhielt sein Abschlusszeugnis. Sein Vater war so stolz darauf, dass sein Sohn ab Herbst die Universität besuchen würde, dass er ihm versprach, ihm ein Zimmer zu verschaffen, damit er sein Studium unter den bestmöglichen Umständen antreten konnte. Weil die Wohnung für seine stetig wachsende neue Familie allmählich zu eng wurde, hatte sein »Großer« jedes Recht, die Luft der Unabhängigkeit zu schnuppern.

Dieser Augenblick war eine der seltenen Gelegenheiten, bei denen Domino eine Ahnung von der Liebe bekam, die sein Vater ihm entgegenbrachte, dieser Mann, den er seit frühester Kindheit aus seinem Leben hatte streichen wollen. Jetzt bereute er, ihm einst vorgeworfen zu haben, dass er schwarz war, dass er arm war, dass er ständig abwesend war. Wie hatte er das tun können? Kinder sind, und das nicht selten, grausam.

45

Nach einer Weile machte im Gemüt des Schulabgängers die Freude über den erfolgreichen Abschluss einem ungekannten Gefühl der Sorge Platz. Das Ziel, das er erreicht hatte, erschien ihm gering angesichts des Feldes, das er sich nunmehr würde erobern müssen. Er erkannte, dass nichts mehr so sein würde wie zuvor, dass er die Gefilde der Jugend mit all ihrer Sorglosigkeit verlassen hatte und nun am Tarock des Lebens würde teilnehmen müssen, und das mit einem wenig vorteilhaften Blatt. Doch er nahm sich fest vor, Erfolg zu haben.

Wie für etliche andere Schüler hatten für Domino nun die Ferien begonnen, doch dieses Jahr wusste er nicht, wie er sie verbringen sollte. Maguy fand schließlich eine Lösung. Er arbeitete als Kellner in einer Bar am Alten Hafen, in einem der modernen Gebäude, die an der Stelle des ehemaligen Viertels Saint-Jean errichtet worden waren, das die Deutschen im

Zweiten Weltkrieg dem Erdboden gleichgemacht hatten. Daher kam ihm eine Idee. Hier, gegenüber des Quai de Rive-Neuve, reihte sich eine Bar an die andere und die Kunden blieben niemals aus. Eine neue Kraft wäre hier sicher gut zu gebrauchen.

Maguy holte die Zustimmung seines Chefs ein und sie vereinbarten, dass Domino ihm an den Sommerwochenenden am Nachmittag helfen sollte. Für Domino war das der erste Job, zum ersten Mal würde er Geld verdienen. Er war überglücklich, und die Arbeit sagte ihm vollauf zu. Er fühlte sich dabei rundum wohl, was auch dem Chef auffiel, und als dieser ihn einmal darauf ansprach, errötete Maguy vor Freude. Domino ließ unerwähnt, dass er in einer Bar im Herzen von Le Panier aufgewachsen war, dass er an unzähligen Tagen seiner Großmutter Nine voller Bewunderung bei der Arbeit zugesehen hatte, seiner Großmutter, die nicht müde wurde zu betonen: »Der Apfel fällt nicht weit vom Stamm.«

Der Sommer verging rasch. Eine gute Nachricht kommt selten allein, und so bekam Domino an dem Tag, an dem er mit seinem Vater in das Viertel am oberen Ende der Canebière ging, wo er seine erste Studentenbude beziehen sollte, die Mitteilung, dass er ein Stipendium erhalten würde. Das Geld würde es ihm ermöglichen, die neue Unabhängigkeit in vollem Umfang zu genießen.

Das Zimmer lag im vierten Stock ohne Aufzug in einem alten, gediegenen Wohnhaus. Es war kaum größer als jenes in der Rue Félix-Pyat und besaß kein Fenster, oder genauer gesagt nur eine verglaste Luke, die auf den Treppenabsatz ging, der von einem Oberlicht erhellt wurde, aber es war nun sein Reich, das Unterpfand seiner neu gewonnenen Freiheit.

Über einem Stuhl und einem Schreibtisch erhob sich das Bett, das über eine Strickleiter zu erreichen war. Der Raum glich eher einer Mönchszelle als einem gemütlichen Nest. Ein winziges Waschbecken ermöglichte bei Bedarf Katzenwäsche. Die Toiletten waren auf der Treppe. Sein Vater, der sich der Beengtheit des Zimmers wohl bewusst war, brachte vor, es diene ja nur zum Schlafen und zum Lernen, und Domino könne jederzeit unter das Dach seiner Familie zurückkehren, um zu essen, seine Wäsche waschen zu lassen und zu duschen.

Domino gingen jedoch völlig andere Dinge durch den Kopf. Er war so glücklich, nun Herr seiner selbst zu sein, dass ihm das Glas halb voll und nicht halb leer erschien. Endlich könnte er ausgehen, wann er wollte, und nach Hause kommen, wann es ihm passte, ohne irgendjemandem Rechenschaft schuldig zu sein. Er war frei.

46

Das Bakkalaureat in Philosophie in der Tasche, hatte Domino sich für Rechtswissenschaften eingeschrieben. Das bedeutete, dass er für die Vorlesungen nach Aix-en-Provence fahren musste, was ihn jedoch nicht weiter störte. Sehr viel mehr machte ihm zu schaffen, dass er an der Uni vollkommen auf sich allein gestellt war und mit einer nie gekannten und in gewisser Weise berauschenden Freiheit zurechtkommen musste, wie sie vermutlich auch Raubkatzen erlebten, wenn sie nach Jahren der Gefangenschaft wieder in die Savanne entlassen wurden. Diese neue Art der Freiheit barg auch ihre Gefahren, aber wie stets war Domino überzeugt, damit zurechtzukommen.

Während der ersten Wochen war er noch voll guter Vorsätze. Er hatte erkannt, dass Disziplin und ein strenger Umgang mit sich selbst die Grundpfeiler seines neuen Lebens sein mussten. Jeden Tag machte er neue Entdeckungen. Anfangs fühlte er sich im Audimax der Universität noch verloren, doch schon bald hatte er, nicht zu weit unten, nicht zu weit oben, einen Platz gefunden, auf dem er sich wohlfühlte. Aus einem Klassenzimmer mit achtundzwanzig Schülern hatte es ihn in einen Hörsaal mit über hundert Studenten verschlagen, und er zweifelte daran, dass er sich problemlos in diese Gemeinschaft würde einfügen können, die auf den ersten Blick einen recht homogenen Eindruck machte. Aber wie schon so oft war ihm auch jetzt seine einzigartige Erscheinung eine treue Verbündete und diente ihm als Türöffner. Aufgrund seiner gemischten Abstammung fiel er auf, und freundschaftliche Bande waren rasch geknüpft.

Schon in den ersten Wochen des Semesters bildeten sich wie von Zauberhand kleinere Grüppchen. Der Kreis, in den Domino geraten war, bestand aus jungen Männern und Frauen, die aus eher wohlhabenden Familien stammten, und traf sich vor den Vorlesungen in einer vornehmen Brasserie auf dem Cours Mirabeau, dem Les deux Garçons. Das »Les deux G«, wie es meist genannt wurde, war so etwas wie das Hauptquartier der Gruppe. Dort saßen sie ganze Nachmittage lang vor einer Tasse Kaffee, revolutionierten in Gedanken die Welt und malten sich die Zukunft aus. Dominos Aussagen und seine Bonmots trafen den Nagel auf den Kopf, er verstand es wie sonst niemand, die Aufmerksamkeit seiner Kommilitonen zu gewinnen, und setzte dazu die Verführungskünste ein, die er mittlerweile souverän beherrschte. Schon seit Langem war dies für ihn das Mittel der Wahl, um sich zu integrieren.

Jeden Tag musste er von zu Hause mit dem Bus zur Universität fahren. Er nutzte die Fahrt, die etwas länger als eine Dreiviertelstunde dauerte, um zu lernen, aber schon bald auch, um jene aus seiner Gruppe zu treffen, die ebenfalls nicht in Aix wohnten.

Die Wochenenden verbrachte er im Kreis seiner Familie. Amina, die erneut schwanger war, strahlte jedes Mal über das ganze Gesicht, wenn er kam. Hin und wieder besuchte er auch seine Mutter und ihre neue Familie, die gleichfalls von Jahr zu Jahr größer wurde. Sie waren aus Le Panier weggezogen und wohnten jetzt in der Rue des Petites-Maries, mitten im Rotlichtviertel der Stadt, ganz in der Nähe der Kirche der Dominikanerinnen, in der Domino getauft worden war. Doch weil er in der Familie seiner Mutter weniger herzlich empfangen wurde als bei Antoine, erschien er dort immer seltener und unregelmäßiger zu Besuch.

Auch die Clique von der Allee traf er nicht mehr. Vor allem, weil er fürchtete, dadurch von seinem Studium abgelenkt zu werden. Doch immer wieder überkam ihn die Lust, seine umtriebigen Freunde wieder einmal zu sehen. Eines Samstags beschloss er, der Devise von Oscar Wilde zu folgen: »Der beste Weg, eine Versuchung loszuwerden, besteht darin, ihr nachzugeben.« Ein kurzer Blick in den Spiegel, und aus dem Studenten Dominique wurde wieder Domino.

Als er auf der Allée de Meilhan eintraf, wurde er wie ein verlorener Sohn empfangen. Tränenreiche Umarmungen, hysterisches Gelächter und spöttische Bemerkungen wechselten einander ab. Alle wollten wissen, weshalb er sich so lange nicht mehr hatte blicken lassen. Mit umständlichen Worten versuchte Domino zu erklären, dass er es sich als Student nicht mehr erlauben konnte auszugehen, und dass er vor allem vermeiden wollte, dass man an der Universität von seiner sexuellen Orientierung erfuhr. René d'Aubagne erklärte kategorisch, dass er damit vollkommen recht habe, und sie ihn daher künftig »Clandestine« nennen würden, was allseits großes Gelächter hervorrief.

Um diesen erstklassigen Decknamen gebührend zu feiern, beschloss die Clique, am selben Abend zur Einweihung des Paradou zu gehen, des neuen Ladens von »Jeannot-Régine«. Diese neue Diskothek lag an der Ecke der Rue Paradis und der Rue Saint-Saëns – Domino erkannte durchaus das esoterische Augenzwinkern, das aus dem Zusammentreffen dieser beiden Straßennamen entstand –, und war bis 22 Uhr eine »American Bar«, dort konnten sich also Matrosen, die sich ordentlich die Kehle anfeuchten wollten, mit Bardamen vergnügen, und wurde ab Mitternacht zu einem Schwulenladen, geführt von Régine, Chefbarkeeper und entfernt mit den Guérini verwandt, denen etliche Läden gehörten, die nicht nur bei den Gangstern der Stadt, sondern auch bei der Polizei wohlbekannt waren. In so einem Schuppen war ohne Zweifel alles möglich.

47

Als er an der Tür des Paradou klingelte, konnte er eine leichte Aufregung nicht unterdrücken. Das Klacken eines Gucklochs, das sich öffnete und sofort wieder schloss, das Quietschen einer Tür. Dann kam eine engelsgleiche blonde Gestalt mit runder Hornbrille zum Vorschein, die ihm ein Lächeln schenkte und ihm Einlass ins Allerheiligste gewährte – freilich nicht, ohne ihn zuvor nach seinem Ausweis gefragt zu haben. Domino zeigte seinen Studentenausweis und kaum hatte er die zweite Tür des Durchgangs geöffnet, brachte ihn ein Schwall aus erdrückend heißer Luft und dichten Schwaden von Zigarettenrauch zum Stehen. Neben ihm schrie jemand auf.

»Clandestine!«

René d'Aubagne, der mit ein paar anderen Jungs an einem Tisch saß, winkte ihn zu sich heran.

»Du bist spät dran. Es ist schon fast Mitternacht und die Show fängt gleich an.«

Eilends setzte sich Domino zu ihnen. Régine kam, um ihn zu begrüßen und ihm zu sagen, wie sehr er sich freute, ihn wiederzusehen. Maryline, Maguy, Bernard, Fafa, George und all die anderen waren ebenfalls da.

Das weibliche Geschlecht war in dem brechend vollen Laden kaum vertreten, außer durch Yvette, die flotte Bedienung, und die alles überstrahlende Jacquy Guérini, die Herrin des Hauses. Sie war zwar wohl nicht mit einem Mitglied des berühmten Clans verheiratet, trug aber diesen Namen, und alle respektieren das und nannten sie so.

Die Musik war hervorragend. Régine bezeichnete die Platten immer nur als »Importe«, und René erklärte Domino, dass sie alle direkt aus den Staaten kamen und sie hier somit die ersten waren, die die jüngsten Neuerscheinungen hören konnten. Der Discjockey, der die Scheiben auf die beiden Plattenteller legte und sich dabei stets bemühte, keine Pause zwischen den Songs entstehen zu lassen, hieß Victor. Er selbst sagte, er heiße Vivian-Charles Marleac, aber alle nannten ihn nur Vicky oder manchmal auch Victoria des los Angeles, was vermutlich eine Anspielung auf die große Bewunderung war, die er für die Diven der Opernwelt hegte. Und lag das Lokal nicht auch ganz in der Nähe der Marseiller Oper?

Am Ende des langgestreckten Raumes befanden sich hinter schweren violetten Samtvorhängen die Toiletten und die Garderoben. Wer die einen oder die anderen aufsuchen wollte, musste sich seinen Weg dorthin mit den Ellbogen bahnen. Punkt Mitternacht verstummte die Musik. Das Licht erlosch. Ein quirliges Stimmengewirr erhob sich, und alle gingen zurück an ihre Tische. Manche waren so kühn und setzten sich auf den Boden. Vicky durchquerte den Raum und postierte sich hinter einem enormen Scheinwerfer, der die Tanzfläche erhellte, die kurzerhand zur Bühne umfunktioniert worden war.

Der blonde Engel vom Eingang – der Alain hieß, von allen aber nur Alain Bocul genannt wurde (Domino hatte eine Weile gebraucht, bis er die Anspielung verstanden hatte, die doch vollauf berechtigt war) – hatte seinen Platz als Petrus, oder besser gesagt als Schwester Pförtnerin, an die Bedienung Yvette abgegeben und stand nun hinter den Plattentellern. Als plötzlich ein hohes C die andächtige Stille zerriss, rief das ganze Lokal wie aus einem Mund einen Namen, der wie eine Zauberformel anmutete:

»Lady Jane! Lady Jane!«

Vicky schwenkte den Scheinwerfer um 180 Grad und blendete dabei die Hälfte des versammelten Publikums. Der Star des Abends erschien in all seiner üppigen Pracht, geheimnisvoll und souverän, mit vorgestrecktem Kinn, die Schultern leicht versetzt, mit wogendem Busen, gönnerhaftem Lächeln und einer Löwenmähne. Gehüllt in ein eng anliegendes Kleid aus königsblauem Samt und mit geschickt geschnittenem, vorteilhaftem Dekolleté, schritt sie hüftschwingend durch den Raum, gleich einer antiken Göttin, die zu den Sterblichen herabsteigt.

Die Rufe wurden lauter und fordernder.

»Lady Jane! Lady Jane!«

In einer raschen, aber anmutigen Bewegung drehte sie sich um, ein strahlendes Lächeln im Gesicht. Mit einem eleganten und bestimmten Handzeichen brachte sie ihre Bewunderer zum Schweigen. Dann zog sie ein weißes Spitzentaschentuch aus dem Ärmel und befahl, an Alain Bocul gewandt:

»Darf ich bitten, Maestro?«

Kurz darauf erklangen die ersten Akkorde, gefolgt von donnerndem Applaus. Lady Jane, die teutonische Geisha, setzte mit kraftvoller Stimme und sicherer Intonation zur Sehnsuchtsarie der Cho-Cho-San aus *Madame Butterfly* an. Schon bald waren die ersten Lacher zu hören, denn die Diva sang die berühmte Arie mit geändertem Text: »Ein Streifchen Rauch, im Osten überm Meer, das ist mein Louis, der sich davonmacht, die Taschen voll mit meinem Schmuck …«

Dann folgte ein einstündiger Husarenritt voll überraschender Wendungen, bei dem das Publikum alle drei Minuten nach einem Gag oder einem Aperçu in schallendes Gelächter ausbrach. Provoziert von der gottgleichen Diva, wagten manche eine Antwort und ernteten dafür scharfzüngige Repliken, wie nur sie sie zu geben verstand. Ein Wortgefecht, in dem sie stets die Oberhand behielt und das, obgleich bisweilen grausam, nie verletzend war.

Ihre gute Laune, ihre Lebensfreude und ihr freundliches Wesen waren mit Händen zu greifen, und der Triumph, den sie feierte, war so überwältigend wie die Liebe, die sie ihrem Publikum ohne Vorbehalt entgegenbrachte. Domino ließ sie nicht einen Moment aus den Augen, fasziniert, überwältigt, beeindruckt.

Als Lady Jane die Bühne verlassen hatte, setzte die Musik wieder ein und die Tanzfläche füllte sich mit den jungen Gästen. Ihre Herzen schlugen im Rhythmus des neumodischen Sounds aus England, und ihre Körper und Blicke verschmolzen miteinander.

Vicky kehrte an die Plattenteller zurück. Nach ein paar wilden Nummern, zu denen Jerk getanzt wurde, dämpfte er das Licht so weit wie möglich. Jetzt waren, von allen sehnlichst erwartet, die langsamen Songs dran. Ein etwas unbeholfener Junge kam auf Domino zu und forderte ihn auf. Unter den spöttischen Blicken der anderen folgte Domino dem jungen Mann auf die Tanzfläche. Als er zurückkam, sagte Maguy lauthals lachend und mit beißendem Spott:

»Den wird dir keiner wegnehmen. Der ist im falschen Laden gelandet und glaubt jetzt bestimmt, er ist auf dem Ball der Degoutantinnen!«

Der ganze Tisch brach in Lachen aus, und alle versuchten, sich gegenseitig mit ihrem Witz zu überbieten.

»Komm, setz dich zu uns, Jeanne!«, war René d'Aubagne zu vernehmen.

Ein junger Mann mit einem gutmütigen Lächeln nahm an ihrem Tisch Platz. Im ersten Moment rätselte Domino noch, ob dieser große Kerl die Diva war, die hier gerade eben einen Triumph gefeiert hatte. Als er ihn fragend und ungläubig ansah, gab der junge Mann ein hohes C zum Besten, das keine Zweifel an seiner doppelten Identität ließ.

Domino war wie vom Blitz gerührt, und Lady Jane erging es ebenso. Vom ersten Moment an verspürte sie eine innige, freundschaftliche Zuneigung zu diesem Jungen, den seine Freunde »Clandestine« nannten, und beschloss, ihn unter ihre Fittiche zu nehmen. Als ihr Protegé stand ihm die Tür des Paradou von nun an jederzeit offen, und vor allem hatte er uneingeschränkten Zutritt zum ersten Stock, in dem die Wohnung lag, die dem Star des Etablissements als Garderobe diente.

48

Domino nutzte die neu gewonnenen Privilegien und kam regelmäßig in die Diskothek. So nahm sein Schicksal eine Wendung, ohne dass er sich dessen bewusst war. Lady Jane – der in Wirklichkeit Jean hieß – arbeitete tagsüber in einem Krankenhaus und nachts in der Schwulenszene. Er war Pfleger in der Psychiatrie – zumindest gab er sich als solcher aus, wenn er sich vorstellte – und behauptete, seine Mutter habe sich, als sie mit ihm schwanger war, ein Mädchen gewünscht, sein Vater jedoch einen Jungen. Dann fügte er lauthals lachend hinzu, dass er es geschafft habe, beide zufriedenzustellen.

Er war ein Meister der Selbstironie, dieses gefährlichen Werkzeugs, das er mit seltener Geschicklichkeit gebrauchte, und war felsenfest davon überzeugt, dass, wer in zivilisierter Weise über andere spotten wollte, zunächst lernen musste, über sich selbst zu lachen. Domino nahm sich seine Ratschläge zu Herzen.

Die Samstagabende im Paradou waren so großartig, oder vielmehr dermaßen »extra« (Domino liebte es, Modewörter zu verwenden oder selbst neue zu erfinden), dass er beschloss, auch an den Mittwochabenden hinzugehen. Sehr bald kam er auch an den Freitagen, und schließlich versäumte er keine Vorstellung mehr, außer montags, weil am Dienstagvormittag eine Vorlesung auf dem Programm stand.

Weil er fast täglich in dem Lokal anzutreffen war, schloss er zahlreiche neue, enge und schöne Freundschaften. Mit »Illico«, dem Garderobier, einem schweigsamen Brünetten, der nach dem schmerzhaften Ende einer Liebesbeziehung am Boden zerstört war und sich künftig in strikter sexueller Enthaltsamkeit üben wollte. Mit Vicky, dem weltbesten Discjockey, der immer am Puls der Zeit war und sich durch seinen maßlosen Snobismus viele Feinde machte, von einigen dafür aber auch bewundert wurde. Mit Armand, einem reizenden Dandy mit mandelgrünen Augen, die er mit einem schmalen Kajalstrich akzentuierte, und der immer in Begleitung der gleichfalls reizenden Pascaline war, einer Betty Boop, die viel echter aussah als ihr Vorbild. Und dann war da noch Alexandre, den Domino schon bald in Alexandra Filipowna umgetauft hatte, das Alter Ego von Armand, ebenso großgewachsen und elegant wie dieser und stets mit einer blonden Lolita im Schlepptau, einer fast originalgetreuen Kopie von Marylin Monroe, der hübschen Bettina. Sie lachten, hatten ihre Freude und waren glücklich, und begleiteten alles mit einem Lächeln.

Kurz vor Weihnachten geschah etwas Unvorhergesehenes: Völlig unerwartet kündigte Régine, Barkeeper des Paradou und einer der Stars des Ladens. Ein Ereignis, das Dominos Leben kräftig durcheinanderwirbelte. Weil das Team nun um ein Mitglied ärmer war, würden sie alle auf einen freien Tag in der Woche verzichten müssen. Lady Jane wollte das nicht hinnehmen und schlug, unterstützt von allen Kollegen, der Chefin Jacquy die rettende Lösung vor: Sie konnte doch diesen Stammgast einstellen, der ohnehin schon zum Inventar gehörte.

Ohne zu zögern erklärte Domino sich bereit, jede Stelle in der Diskothek reihum von Montag bis Freitag einmal zu besetzen. So vertrat er der Reihe nach Alain Bocul, der anstelle von Régine die Bar übernahm, dann Yvette, die flotte Bedienung, den schweigsamen Illico an der Garderobe und schließlich den genialen und sympathischen Vicky an den Plattentellern. Seine verstorbene Großmutter Nine hätte über diesen ersten Job im Nachtleben sicher nicht die Nase gerümpft. Wer in einer Bar geboren wurde und schon immer vom Nachtleben fasziniert war, der schlüpft mit höchster Freude in alle Rollen, die es in dieser Welt gibt. Und diese innige Freude genoss Domino mehr, als er sich je hätte vorstellen können.

49

In den folgenden Wochen musste Domino einsehen, dass der hehre Vorsatz, den er zu Beginn des Semesters gefasst hatte, nämlich sich mit rastlosem Fleiß dem Studium zu widmen, immer schwächer wurde, so wie das Sonnenlicht in den Wochen vor der Wintersonnwende. Das Gefallen, das er am Nachtleben fand, und die Freundschaften mit seinen neuen Arbeitskollegen vereinnahmten ihn ganz, sodass er an der Universität nur noch körperlich anwesend war. Am nächtlichen Leben hatte er weitaus mehr Freude als an den Pflichten des Tages, und so beschlich ihn manchmal eine gewisse Sorge, wenn er an die Zukunft dachte. Aber schon bald holte ihn der Alltag wieder ein. Jeden Abend ging er die Canebière hinunter ins Paradou, bester Stimmung, mit einem Lächeln auf den Lippen und im Kopf nur einen Gedanken: Was werde ich heute Aufregendes erleben? Und jeden Tag um die Mittagszeit, wenn er im Bus nach Aix-en-Provence saß, wo er seine Kommilitonen traf, hatte er nur noch ein Ziel: sobald wie möglich den Bus zurück zu nehmen.

Sein Spitzname wurde immer mehr Teil seiner Person. Je bekannter er im Mikrokosmos des Marseiller Nachtlebens wurde, desto öfter nannte man ihn nur noch »Clandès« statt »Clandestine«. Die exaltierte Art, in der die Jungs aus der Clique voneinander in der weiblichen Form sprachen, irritierte ihn nicht mehr, und er selbst wurde ein Meister der zwiespältigen Lebensführung, bei der er nachts das Prunkgewand von »Clandès« trug und tagsüber – jedenfalls in Gedanken – die schwarze Robe eines Magistraten.

Während die meisten seiner Kommilitonen nur samstags ausgingen, aber so gut wie niemals unter der Woche, war Clandès, bedingt durch seine neue Aufgabe, jeden Abend unterwegs. Würde sein Studium darunter leiden? Letztlich kümmerte ihn das nicht, denn im Grunde hatte er sich schon damit abgefunden, dass er das erste Studienjahr Jura wiederholen würde. Das Paradou war sein Reich, und wenn er dort auch nicht die Königin war, so hatte er doch vor, eine der Kronprinzessinnen zu werden. Lady Jane, die unangefochtene Herrscherin, verschaffte ihm dazu die Gelegenheit.

An einem verregneten Abend Anfang November ging die Truppe des Paradou auf ihren Vorschlag hin zum Essen ins Cintra, eine bekannte Brasserie am Alten Hafen, mit dessen Chef sie seit Kurzem zusammen war. Es wurde viel gelacht und das Gespräch war in vollem Gange, als Lady Jane zu Domino sagte:

»Du sieht wirklich aus wie 1925 ...«

Neugierig sah Domino seine Freunde an, die angesichts seiner verblüfften Miene in Gelächter ausgebrochen waren.

»Ich glaube, Charleston wäre genau dein Ding.«

Domino verstand immer weniger – was das brüllende Lachen der anderen nur noch weiter anfeuerte. Die Erklärung, die nun folgte, trieb ihm den kalten Schweiß auf die Stirn: Er würde ein Aufnahmeritual bestehen müssen. Zwei Tage später sollte er, in Gestalt einer Charlestontänzerin, zusammen mit Lady Jane die Bühne betreten. Es fühlte sich an, als sei ihm der Himmel auf den Kopf gefallen.

Je näher der Auftritt rückte, desto stärker wuchs seine Angst. Als der große Abend gekommen war, gab er sich in der Wohnung über dem Paradou, die der Diva als Garderobe diente, ganz in die erfahrenen Hände seines Pygmalions. Das Ergebnis machte ihn sprachlos.

Diese blonde Frau mit dem Bob, dessen Stirnfransen von einem marineblauen Lamébänd gehalten wurden, in dem zwei weiße Reiherfedern steckten, diese junge Dame mit den großen schwarzen Augen eines verschreckten Rehs, den falschen Wimpern und den sinnlichen, tiefroten Lippen – das war er. Seine Augen leuchteten, und er konnte seine Begeisterung nur schwer im Zaum halten. Er hatte sich noch nie als schön empfunden, aber was er jetzt von sich im Spiegel sah, gefiel ihm auf Anhieb über die Maßen. Auch Lady Jane war gerührt, schloss ihn in die Arme und sagte ihm, er dürfe jetzt auf keinen Fall weinen, weil sonst das makellose Make-up zerstört würde, das sie ihm gerade aufgetragen hatte.

»Mit der Kleidung dürfte es nicht so leicht werden, du bist dünn wie eine Bohnenstange. Zieh dich mal aus.«

Widerspruch schien zwecklos. Kurz darauf stand er in der Unterhose da.

»Sag ich's doch. Genau wie ein Mädchen aus den Goldenen Zwanzigern. Ohne Busen, das perfekte Mannequin. Hier, probier das mal an.«

Sie konnte sich nicht zurückhalten und tätschelte ihm den Po.

»Einen hübschen knackigen Hintern hast du da, meine Süße.«

Domino wurde rot und schlüpfte in das blau-weiße, mit Pailletten besetzte Fransenkleid, das sie ihm hinhielt. Dann betrachtete er sich im Spiegel. Das Mädchen, das er dort sah, war umwerfend. Er erkannte sich nicht wieder, wusste aber, dass diese junge Frau er selbst war. Die Ahnung, die ihn schon immer begleitet hatte, bestätigte sich nun.

Schließlich zog er noch silberne Pumps mit dünnen, kurzen Absätzen an, die für diesen Tanz aus den 20er-Jahren weitaus besser geeignet waren als die Stöckelschuhe, die er als Erstes anprobiert hatte. Lady Jane machte ihm Komplimente für seine schlanken Beine.

»Wusst' ich's doch: Als Mädchen bist du viel schöner als als Junge. Jetzt bin ich mal gespannt, was du auf der Bühne draufhast.«

Diese zweite Bemerkung ließ in Domino das Lampenfieber wieder aufflammen, das er verdrängt hatte, als er im Spiegel seine Erscheinung bewundert hatte. Würde er es hinkriegen? Würde er nicht vielmehr über seine eigenen Füße stolpern und geradewegs auf die Schnauze fallen? Wie würden die Gäste reagieren, die an diesem Abend besonders zahlreich erscheinen würden? All diese Fragen wischte Jane beiseite, indem sie ihm kurz und knapp darlegte, wie die Vorstellung ablaufen würde.

»Du bist meine Cousine aus Miami, und wenn ich dich ankündige, kommst du auf die Bühne. Du machst immer ganz genau, was ich dir sage. Und denk dran: immer schön lächeln und niemals einem Gast länger als drei Sekunden in die Augen sehen. Jeder muss das Gefühl haben, dass du nur für ihn tanzt. Ganz egal, was passiert, hör nie auf zu lächeln. So, und jetzt los. Toi toi toi!«

Als Domino die Treppe zur Diskothek hinunterstieg, fraß ihn die Angst fast auf. Er fühlte sich wie Schwester Blanche de la Force aus dem *Dialog der Karmelitinnen* von George Bernanos, die auf dem Weg zum Schafott vom »Veni Creator« begleitet wird, das ihre Schicksalsgenossinen a cappella singen. Doch als sie das Lokal betraten, schallte ihnen »Si j'avais un marteau« entgegen, der letzte Hit von Claude François, und holte ihn wieder in eine profanere Atmosphäre zurück.

Er verbarg sich hinter einem Vorhang und verfolgte, vor Aufregung zitternd, den ersten Teil der Show. Je länger er warten musste, desto größer wurde seine Lust, die Bühne zu erobern.

Als Lady Jane ihre Cousine aus Miami ankündigte, betrat er begeistert und unerschrocken die Tanzfläche. Lady Jane stellte ihre amerikanische Cousine kurz und knapp vor und ließ das Publikum wissen, dass diese in ihrer fernen Heimat zur Königin des Charleston gewählt worden war, und dass sie nun ihrem Titel alle Ehre machen würde, indem sie eine vorzügliche Demonstration dieses wilden Tanzes gab.

Sie gab Vicky ein Zeichen, woraufhin »Il fait trop chaud pour travailler« von den Parisiennes aus den Lautsprechern drang, und Clandès legte los. Als Lady Jane sah, welchen Erfolg ihr junger Schützling erntete, schloss sie sich ihm an und sie tanzten zu zweit. Ihr gemeinsamer Auftritt wurde mit donnerndem Applaus bedacht. Als sie zum Schluss der Vorstellung die wahre Identität der angeblichen Cousine enthüllte, herrschte neben der Bewunderung auch allseitige Verblüffung.

In dieser Nacht wurde Domino endgültig zu Clandès.

Nach der Vorstellung erkannte er, dass ihm nicht nur die Komplimente seiner Freunde und seines Pygmalions unvergleichliche Freude bereitet hatten, sondern vor allem die Glückseligkeit, die er empfand, wenn er auf der Bühne stand und die Blicke der Bewunderer wie der Neider auf sich zog. Er konnte das nächste Mal kaum erwarten.

50

Lady Jane war nicht entgangen, welchen Beitrag dieser mögliche Neuzugang zu ihrer Show leisten konnte, und sie versprach Domino, das Ganze demnächst zu wiederholen. Lange brauchte er nicht zu warten. Am folgenden Montag erklärte ihm die Diva, dass sie ihn einmal pro Woche in ihrer Vorstellung auftreten lassen würde. Sie wusste genau, wieviel Freude es ihm bereitete, sich auf der Bühne zu präsentieren. Mit der Zeit stellte Domino fest, dass ihn noch nie etwas so sehr hatte innerlich jubeln lassen. Es schmerzte und tat zugleich unendlich wohl, er war dabei absolut im Einklang mit sich selbst, brauchte sich nicht zu verstellen, sondern konnte die werden, die zu sein er überzeugt war. Die Begeisterung des Publikums bestätigte ihn in dieser wachsenden Gewissheit. Eine Frau zu sein, und sei es auch nur für wenige Augenblicke, bedeutete für Clandès ein unschätzbares Glück und unvergleichliche Seligkeit.

Schon vor langer Zeit hatte er gelernt, die Diamanten im Dreck zu finden. Das große Spiel des Lebens hatte ihm kein besonders vorteilhaftes Blatt mit hohen Karten zugeteilt, aber einen Trumpf hielt er doch in der Hand: seinen Überlebensinstinkt. Ein einzigartiges, starkes und ausgeprägtes Gespür, mit dessen Hilfe er schon so manchen Gipfel erklommen hatte. Dabei stand er erst ganz am Anfang, auch wenn von nun an die Gipfel höher wären und damit noch schwieriger zu erreichen und zu überwinden.

51

An neuen Freunden mangelte es Domino nicht. Einer von ihnen wurde in seinem Leben immer wichtiger: Vicky, alias Victoria de los Angeles, alias Vivian-Charles Marleac. Victor Durant, so sein richtiger Name, faszinierte ihn. Er gab eine einprägsame Erscheinung ab: nicht besonders groß, ein wenig tuntenhaft, und mit einer Nase, deren etwas zu starke Krümmung geschickt von einer langen, dunkelblonden Strähne ausgeglichen wurde, hinter der sich mandelgrüne Augen verbargen, deren Farbe er durch einen sanften, aber durchaus effektvollen türkisen Lidstrich betonte. Auch seine Art, sich zu kleiden, eine elegante Mischung aus englischem Dandytum und italienischem Schick, unterstrich seine Einzigartigkeit. Er war immer auf dem Laufenden, was die neuesten Trends anging, und verkörperte für Clandès den ganzen schöpferischen Reichtum einer neuen Lebensweise, den Wagemut einer Generation, die aufbegehrte und alle Tabus der Gesellschaft sprengen wollte, mitsamt ihren jahrhundertealten, starren Regeln, die kaum noch Freiheiten ließen. Die Wortführer dieser Generation hießen Bob Dylan, Joan Baez, Boris Vian, Françoise Hardy, Sylvie Vartan, Trini Lopez, Louis Pauwels, François Truffaut, Jean-Luc Godard und Agnès Varda, aber auch Antoine gehörte dazu, der junge korsische Sänger, dessen Lied »Les Élucubrations« ihr Kampfgesang geworden war und dessen Hemden mit Blumenmuster ihre Standarte. Vicky verschaffte Domino das außergewöhnliche Gefühl, Teil einer Erneuerungsbewegung zu sein, die alles mit sich riss und wie die rettenden Hochwasser am heiligen Nil in Ober- und Unterägypten einen nährstoffreichen und fruchtbaren Schlamm hinterlassen würde, unter dessen Einfluss alles verändert werden könnte, was der Veränderung bedurfte.

Die größte Anziehung auf Domino übten jedoch die Schwächen und Unsicherheiten seines Freundes aus. Er erkannte sich darin wieder, und sie sprachen oft darüber und konnten auch oft darüber lachen. »Man muss lachen, bevor man glücklich ist, weil man sonst sterben könnte, ohne gelacht zu haben« – diesen Aphorismus von La Bruyère zitierte Vicky, der immer seine Quellen angab, besonders gern. Nicht der Tod war es, den sie fürchteten – dieser erschien ihnen sogar auf gefährliche Weise verführerisch –, nein, ihre größte Angst galt dem Leben, genauer gesagt der Frage, wie ihr Leben in den kommenden Jahrzehnten aussehen würde. Mit der ganzen Kühnheit seiner Jugend, aber auch mit unbestreitbarer Weitsicht legte Vicky ihm in nächtelangen Diskussionen dar, dass sie beide trotz ihrer zahlreichen Stärken, ihrer Anpassungsfähigkeit und ihrer breit gefächerten künstlerischen Begabungen nicht davor gefeit waren, im Leben Schiffbruch zu erleiden. Eines jedoch, so sein abschließender Gedanke, würde sie vor dem Scheitern bewahren: das Lachen. Das würden sie sich niemals nehmen lassen.

Bei Vicky wechselten sich Zeiten der überbordenden Euphorie mit düsteren, depressiven Phasen ab. Und das nicht ohne Grund. Er wohnte bei seinen Eltern in Allauch, einem netten kleinen Städtchen nordöstlich von Marseille, und sein Vater, der die einzige Autowerkstatt am Ort betrieb, sah in ihm seinen natürlichen Nachfolger. Nun ließ aber, kaum verwunderlich, allein schon die Vorstellung, die Hände in Schmieröl zu tauchen, Vicky in Panik verfallen, und die Sticheleien, die er sich wegen seiner »Vorliebe« anhören musste, wurden zunehmend unerträglicher. Als er Clandès eines Morgens, nachdem der Laden geschlossen hatte, nach Hause begleitete, verkündete er ihm seine Entscheidung: Er würde Marseille verlassen. Eine Bar in Toulon hatte ihm einen Job angeboten, und er würde seine neu gewonnene Freiheit in vollen Zügen genießen und sich von den Zwängen des Familienlebens befreien, die seine Kreativität erstickten. Die Aussicht auf diese Trennung brachte Domino völlig durcheinander, und als er Vicky traurig ansah, tröstete dieser ihn mit dem Verweis darauf, dass Toulon ja nicht weit sei und ihre Freundschaft einfach nur diese Distanz überwinden müsse.

Die plötzliche Trennung von Vicky schleuderte Clandès in seine Vergangenheit zurück, von der er gedacht hatte, sie läge tief in seinem Innersten verborgen. Die Scheidung seiner Eltern, der Tod seiner über alles geliebten Großmutter Nine, all diese tiefsitzenden Schmerzen hatte er für immer überwunden geglaubt. Dass Vicky nun weggehen würde, weckte in ihm wieder die altbekannte, grauenvolle Angst vor dem Verlassenwerden.

Der Kreis seiner Freunde versammelte sich immer mehr um ihn. Clandès sah das mit Gefallen und wurde allmählich zu einer Art Anführer. Illico, der große Bruder, der auf ihn aufpasste, René d'Aubagne, der Getreue, Maryline, der tiefer als je zuvor in Verwirrungen des Herzens gefangen war, Zizou, eine hinreißende Kleine von den Antillen, die immer in Hosen herumlief und entsetzlich kurzsichtig war, was sie mit einer riesigen Sonnenbrille zu verbergen suchte, wodurch sie wie eine furchteinflößende Gottesanbeterin aussah, Bettina und Pascaline, die beiden Tanten, die hoffnungslos in Alexandre, genannte Alexandra Filipowna, beziehungsweise Armand verliebt waren und diese mit geradezu samariterhafter Treuherzigkeit freihielten, Bernard »aus der Rue Paradis«, der Domino in die Mysterien des alten Ägypten einweihte, bei sich zu Hause legendäre Partys gab (seine Eltern waren die meiste Zeit damit beschäftigt, ihr Hotel in Golfe-Juan zu führen) und für sämtliche Perücken von Lady Jane verantwortlich war – sie alle waren die Familie seines Herzens und sie alle sahen in ihm schon bald den Anführer ihrer Clique.

Im Paradou gab es noch andere Gruppierungen, aber in ihrer ging es am lebhaftesten zu, sie war die exklusivste, keine wurde mehr beneidet und in keine kam man schwieriger hinein. Clandès erkannte das und wies mit natürlicher Autorität schon bald all jene zurück, die sich aufdrängen wollten, wobei er manchen hartnäckigen Bittstellern, wie etwa Lucien, der schon bald in »Fortuna« umgetauft wurde, dann doch nachgab.

Domino wurde ein anderer.

52

Eines Tages verkündete Jacquy, die Chefin des Paradou, dass am Karnevalsdienstag eine große Sause steigen sollte. Die Gäste wurden einige Wochen vorher informiert und bereiteten sich mit Feuereifer auf den Abend vor, der das am stärksten besuchte Ereignis des ganzen Jahres zu werden versprach. Sämtliche Gespräche drehten sich nur noch um diese Party.

In der Clique um Clandès versuchten alle, sich gegenseitig an Erfindungsreichtum zu überbieten, wenn es darum ging, sich die kleidsamste, die auffälligste oder die originellste Kostümierung auszudenken. Die hitzigen Diskussionen zogen sich oft den ganzen Abend hin. Zwei Schulen standen sich gegenüber: Die eine war, was die Verkleidung anging, für ein gemeinsames Thema, die andere wollte jedem Gast freie Wahl lassen. René d'Aubagne, der nie um eine sarkastische Bemerkung verlegen war, fasste die Lage zusammen:

»Venedig oder Rio? Schick oder Schock? Nizza oder Aix-en-Provence? Überraschen wir einander!«

Diese Devise fand allgemeine Zustimmung, und jeder kehrte wieder in die Privatheit seines Zuhauses zurück, mit dem Ziel, an diesem Karnevalsabend die verblüffendste und unglaublichste Erscheinung von allen abzugeben und der glänzendste Star der Party zu werden.

An diesem Dienstag sollte das gesamte Team der Diskothek im Einsatz sein. Clandès würde für niemanden einspringen müssen und hätte frei. Schon jetzt freute er sich darauf, die Feier in vollen Zügen zu genießen. Welches Kostüm würde er tragen? Er sah sich als anmutiger griechischer Jüngling, mit einem Lorbeerkranz im gekräuselten Haar, in Schnürsandalen aus Leder, die ihm bis zu den Knien reichten, und einer Tunika aus weißem Leinen, in der Taille gegürtet von einer olivgrünen, mit Posamenten besetzten Kordel. Keine Frage, das war die perfekte Kostümierung.

Doch dann wirbelte eine unerwartete Begegnung seine wohlgeordneten Pläne für Karneval durcheinander. Lady Janes Freund hatte das Cintra, wo er als Koch gearbeitet hatte, verlassen und in einem neuen Nachtlokal angeheuert, das Alice Guérini, die Frau von Antoine Guérini und »Schwägerin« von Jacquy, kurz zuvor eröffnet hatte. Eines Abends nahmen Illico und Lady Jane Clandès zum Essen mit in den neuen Laden, der Le Mayfair hieß und gleichfalls im Opernviertel lag, ganz in der Nähe des Paradou. Die Ausstattung war luxuriös: dicke Vorhänge aus flaschengrünem Damast an den Fenstern, Jalousien aus dunklem Teakholz, dazu mattgoldene Kanapees und tiefe Sessel, niedrige, mit Messing eingefasste Tischchen aus lackiertem Mahagoni, Kentiapalmen, ein Teppichboden mit Tigermuster, Wandleuchter aus opakem Kristall, die ein leicht gedämpftes Licht verbreiteten – all das schuf eine Atmosphäre von Diskretion und britischer Eleganz.

Da noch wenig Betrieb herrschte, führte sie der Chef persönlich an ihren Tisch. Von der Umgebung in Bann geschlagen, nahmen die drei alles genau in Augenschein und bewunderten auch noch das kleinste Detail. Und Clandès, der sein Glück kaum fassen konnte, stellte wieder einmal fest, wie unglaublich sein neues Leben war, das ihm laufend Überraschungen und neue Entdeckungen bescherte. Seit etlichen Monaten hatte er den Eindruck, in die Filme geraten zu sein, die er sich einige Jahre zuvor, zusammengerollt in der eisigen Dunkelheit seines Kinderbetts, ausgedacht hatte. Das Abendessen war nicht weniger üppig als die Ausstattung des Lokals, jedoch alles andere als britisch, ganz im Gegenteil. Die nur leicht mit Knoblauch gewürzten Froschschenkel harmonierten perfekt mit dem Côte de veau normande, auf das Illicos Wahl gefallen war, dem in Cognac flambierten Pfefferfilet, das Lady Jane mit Genuss verzehrte, und dem Tatar ohne Zwiebeln, für das Clandès sich entschieden hatte. Was das Dessert anging, einigte man sich auf Crème Caramel, und alle mussten anerkennen, dass sie nur bei der eigenen Großmutter besser schmeckte.

Schon seit einer Weile konnte Clandès den Blick nicht mehr von den zwei jungen Frauen lösen, die an der Bar Platz genommen hatten. Eine Blonde und eine Dunkelhaarige. Neben der ersten, die eher nichtssagend und etwas mollig war, trat die Schönheit der zweiten nur umso stärker hervor, einer gertenschlanken Erscheinung mit ausgeprägtem Hohlkreuz. Ihre großen dunklen Augen, die beiden langen Zöpfe und der ausladende, schwarz schimmernde Pony betonten die engelsgleiche Blässe ihrer Haut. Ihr kurzer und äußerst knapper Pullover aus Shetland-Wolle gab den Blick auf ihren flachen Bauch frei, den ein schmales Goldkettchen umschloss. Ihre rosa Hüfthose und ihre Holzpantinen mit Keilabsatz ließen erahnen, wie lang und schlank ihre Beine waren. Clandès war überwältigt.

»Was ist los mit dir, träumst du?«, fragte Illico.

»Nein, aber hast du die da drüben an der Bar gesehen, wie schön die ist? Wie ein Mannequin.«

»Das ist ein Mann.«

Diese knappen, scharfen Worte trafen ihn wie ein Schlag.

Er konnte nicht glauben, dass diese Schönheit keine Frau sein sollte. Zwar hatte er immer wieder miterlebt, wie Männer sich – zum Amüsement ihrer Freunde – als Frauen verkleideten. Auch er selbst und Lady Jane verkleideten sich ja für ihre Auftritte. Und bei der demnächst stattfindenden Karnevalsfeier würden etliche der jungen Gäste des Paradou als Königinnen, Sklavinnen oder Bordsteinschwalben erscheinen. All diese Verwandlungen waren jedoch überspitzt und überzeichnet, waren nichts Außergewöhnliches und hielten sich an Konventionen. Doch was Clandès jetzt vor sich sah, war eine echte junge Frau. Die Illusion war perfekt. Sie saß dort vor ihm und lächelte ihn an.

Jane kannte die Schöne und ihre Begleitung, bat die beiden an ihren Tisch und stellte alle einander vor. Die blonde Frau hieß Joëlle, die brünette Sandrine, und sie waren Cousinen. Sandrine arbeitete im Versailles, einem berühmten Kabarett am oberen Ende der Canebière, das gleichfalls Alice Guérini gehörte. Dort zeigte sie unter dem Künstlernamen Olga Lee Stripteasenummern. Clandès traute seinen Augen nicht, und noch weniger seinen Ohren. Dieses geheimnisvolle und bewundernswerte Geschöpf sprach mit kristallklarer Stimme und zeigte auch immer wieder die typisch Pariserische Spottlust. Nichts an ihr ließ auch nur eine Sekunde lang vermuten, dass sie dem sogenannten starken Geschlecht angehörte. Ihr Engagement in Marseille sollte einen Monat dauern, und anschließend würde sie nach Paris zurückkehren, wo sie im Carrousel auftrat.

Dieser Name machte Clandès hellhörig, und sogleich stieg aus den Tiefen seines Gedächtnisses die Erinnerung an die Bar des Muettes auf, wo die jungen Gäste voller Begeisterung von der Schönheit Coccinelles geschwärmt hatten, die der Star des Carrousel war und die früher im Alcazar auf dem Cours Belzunce aufgetreten war. Doch auch wenn all diese Künstlerinnen schön waren, besaß keine von denen, die er persönlich kennengelernt hatte, die Natürlichkeit, die Frische und die Aura von Modernität, wie Sandrine sie an den Tag legte.

Zwischen den beiden hatte es sofort gefunkt. Domino spürte untrüglich, dass diese Begegnung bedeutungsvoll, ja richtungsweisend für ihn war. Beide fühlten sich einander im selben Maße freundschaftlich verbunden, und von nun an kam die schöne Sandrine jeden Abend nach ihrem Auftritt im Versailles zu Clandès ins Paradou. Ohne sich dessen bewusst zu sein, zeigte sie ihm in weniger als einem Monat eine neue Möglichkeit, wie er sein Leben leben konnte. Dem jungen Mann, der noch am Anfang seines Weges stand, gingen tausend Fragen durch den Kopf, und Sandrine hatte auf jede eine Antwort parat. Die erste, die er aussprach, quittierte sie mit schallendem Lachen:

»Gehst du auch tagsüber so aus dem Haus?«

Clandès war kurz irritiert, begriff dann aber, wie dumm diese Frage war. War er denn nicht selbst verblüfft gewesen, als Illico ihm »die Natur des Prinzen« enthüllt hatte?

Sandrine zeigte sich amüsiert, aber nicht verletzt, und erklärte ihm, dass es ihr ein inneres Bedürfnis war, jeden Tag als Frau zu leben, und dass sie von ihrem fünfzehnten Lebensjahr an bis zu ihrer Selbstwerdung zahllosen Erniedrigungen ausgesetzt gewesen war. Im Kreis ihrer Familie, die aus Korsika stammte, hatte es angefangen, dort hatte ihr älterer Bruder sie immer wieder schikaniert. Als auf die homophoben Beschimpfungen körperliche Übergriffe folgten und man sie sogar in ihrem Zimmer einsperrte, hatte sie sich gezwungen gesehen, das elterliche Zuhause zu verlassen. Sie war aus ihrem geliebten Dorf und von ihrer geliebten Insel geflohen und hatte sich in Paris im Viertel um die Place Pigalle wiedergefunden, wo sie, wie sie es nannte, anderen »verirrten Hunden ohne Halsband« begegnet war, die ihr beigebracht hatten zu überleben. Weil sie jung war, wurde sie in diesen zwielichtigen Kreisen zur leichten Beute, aber weil die Prostituierten und die »Tanten« aus dem Viertel, denen sie immer wieder kleine Gefälligkeiten erwies, sie freundschaftlich beschützten, konnte sie den großen Raubtieren des Milieus entkommen. Sie war gewarnt worden, dass es in Paris aufgrund eines Dekrets der Präfektur aus napoleonischer Zeit außerhalb von Karneval verboten war, sich wie eine Frau zu kleiden. Die Polizei berief sich auf diese uralte Anordnung, wenn sie gegen jene, die es dennoch taten, ein Bußgeld verhängte, sie auf die Wache mitnahm und dort zehn Stunden in Gewahrsam behielt. Einmal erwischte es auch Sandrine. Da sie noch minderjährig war, wurde sie zwar keine zehn Stunden festgehalten, weil jedoch ihre Eltern, die man benachrichtigt hatte, sich weigerten, sie abzuholen, musste sie nach dem Gewahrsam einen Monat im Gefängnis verbringen. Dort schnitt man ihr die langen Haare ab, was für sie den Gipfel der Erniedrigung darstellte. Dadurch wurde sie in ihrer Überzeugung, im Grunde ihres Wesens ein Mädchen zu sein, nur noch bestärkt. Nach endlosen Bitten und vielen schicksalhaften Wendungen stimmte ihre Familie zu, dass sie für mündig erklärt wurde, woraufhin sie endlich ihr neues Leben in Angriff nehmen und vollauf genießen konnte.

Sie geriet in Berührung mit der Prostitution, konnte sie aber umgehen und wurde, dank ihrer Fähigkeiten und weil sie, wie sie augenzwinkernd sagte, gelernt hatte, Umwege zu nehmen, als Auszubildende in der Schneiderei von Madame Arthur aufgenommen, dem berühmten Transvestitenkabarett in der Rue des Martyrs. Damit war ihr Weg vorgezeichnet. Madame Germaine, die den Laden gemeinsam mit ihrem Mann Monsieur Marcel führte, dem auch das Carrousel in Montparnasse gehörte, war von der Schönheit dieser jungen Frau geradezu geblendet und entschied, dass sie auf die Bühne gehöre. Das war der Anfang ihrer Karriere. Sie war nun erst seit einem guten Jahr volljährig und konnte sich nicht einmal mehr im Traum vorstellen, ein anderes Leben zu führen.

Domino – pardon, Clandès – hörte ihr mit leuchtenden Augen zu. Von Glücksgefühlen begleitet, schlug seine neue Persönlichkeit in seinem Inneren unaufhaltsam Wurzeln.

53

Durch die Zusammenkünfte mit Sandrine, die Gespräche mit ihr und die wachsenden Bande ihrer Freundschaft setzte im Lauf der Tage eine Veränderung in Domino ein. Clandès stand so in Sandrines Bann, dass ihm der Gedanke, sie würde schon bald wieder nach Paris zurückkehren, unerträglich war. Eines Abends öffnete er ihr sein Herz. Bewegt von diesem Geständnis, sprach sie ihm lächelnd Mut zu und gab sich überzeugt, dass sie sich eines Tages wiedersehen würden. Ihre Gewissheit ging sogar noch weiter, denn nachdem sie ihn etliche Male zusammen mit Lady Jane auf der Bühne gesehen hatte, war sie sicher, dass auch er es eines Tages zur Künstlerin brächte und sie gemeinsam im Carrousel auftreten würden. Diese Prophezeiung verwirrte ihn. Verwundert legte er ihr dar, er wolle Politikjournalist werden – seine vormaligen Träume hatte er inzwischen aufgegeben –, weshalb er sich auf Anraten seiner Kommilitonen eigens für Politik eingeschrieben habe. Für ihn war es ausgeschlossen, aus Marseille wegzugehen, seine Freunde und seine Familie, wenngleich er sie nur noch selten sah, zu verlassen und einen so radikal anderen Weg einzuschlagen, ein so völlig anderes Schicksal zu wählen. Er gestand jedoch ein, dass er seit jeher davon träumte, eines Tages eine Frau zu werden. Sandrine widersprach ihm nicht und versuchte auch nicht, ihm etwas auszureden. Ihrer Ansicht nach sollte jeder seinen eigenen Weg gehen und seine eigenen Ziele verfolgen.

Allerdings fragte sie ihn eines Abends, ob er schon einmal als Mädchen ausgegangen war.

»Ja, manchmal, nach der Vorstellung, wenn der Laden schon zu war, zusammen mit der ganzen Truppe«, antwortete Clandès.

»Ja, klar«, sagte Sandrine, »aber da hattest du immer noch dein Bühnenkostüm an, nicht wahr? Wenn du willst, mache ich aus dir einmal eine richtige junge Frau, mit Kleidung und Schminke und allem Drum und Dran. Ich bekomme demnächst Besuch von einem Freund aus Mailand. Wir könnten gemeinsamen essen gehen, und danach noch ins Paradou. Ich verspreche dir, dass dich da niemand erkennen wird, solange du keinem etwas verrätst. Ich sage einfach, du bist eine Kollegin aus dem Carrousel.«

Clandès fand die Vorstellung erheiternd und verführerisch. Am folgenden Montag wollten sie es angehen.

Fünf Tage trennten Domino noch von diesem Tag, der, wie er vorausahnte, einen wichtigen Schritt mit sich brächte. In der Zeit bis dahin versuchte er sich auszumalen, was alles geschehen könnte. Doch je näher der schicksalhafte Montag rückte, desto unheilvoller wurden die Szenarien in seinem Kopf. Sie beschäftigten ihn so sehr, dass er fast keinen Schlaf mehr fand. Dass er mit niemandem darüber sprechen konnte, tat seiner Stimmung zusätzlichen Abbruch. Würde er kneifen? Oder würde er es genießen? Würde er erkannt werden, entlarvt, verlacht, verhöhnt?

Erst am Sonntag sah er Sandrine im Paradou wieder. Sie war schöner als je zuvor und erschien am Arm eines eleganten Italieners mit graumelierten Schläfen und, wie sie lachend hinzufügte, silberglänzendem Scheckbuch. Sie bat Clandès an ihren Tisch und stellte ihm ihren Freund vor, der mit verführerischem südländischem Akzent augenzwinkernd sagte, er könne es kaum erwarten, am nächsten Tag seine Schwester kennenzulernen. Als Domino die beiden verwirrt ansah, erklärte Sandrine ihm, dass Vittorio Bescheid wusste und ihr ritterlicher Begleiter sein würde. Clandès sollte am Spätnachmittag zu ihr ins Hotel kommen, denn um 21 Uhr mussten sie ausgehfertig sein. Ihr Freund würde sie zum Essen in ein exquisites Restaurant ausführen.

Sandrine wohnte in einem kleinen gediegenen Hotel in der Rue Sénac, nicht weit vom Versailles entfernt. Sie hatte dort ein hübsches, im provenzalischen Stil eingerichtetes Schlafzimmer und einen kleinen Salon, führte Clandès jedoch sofort ins Bad.

»Super, du hast noch keinen Bart. Da geht das mit dem Make-up ruckzuck.«

Sie musterte ihn kurz mit professionellem Blick, entschied dann kategorisch, dass er braune Haare haben sollte und wählte aus einem Regal voller Perücken in den unterschiedlichsten Farben ein entsprechendes, besonders prächtiges Modell aus.

Sie wies ihr Versuchskaninchen an, den Oberkörper freizumachen, und zog ihm eine Art Netzhaube über den Kopf, die ihm die Haare zusammendrückte. Nun begann die Zeremonie des Schminkens. Sandrine machte ihm Komplimente über die Beschaffenheit seiner Haut, die Form seiner Wangenknochen und die Wölbung seiner vollen Lippen. Was er am meisten an seinem Gesicht verabscheut hatte, dieses Zeichen der Abstammung von einem Schwarzen, die zu akzeptieren ihn immer große Mühe gekostet hatte, wurde nun für seine Maskenbildnerin ein kostbares Detail. Folgsam wartete er voller Ungeduld, bis er sich erschauen durfte, denn Sandrine hatte ihm strengstens verboten, auch nur einen flüchtigen Blick in den Spiegel zu werfen, bevor seine Verwandlung – einschließlich des Haarschmucks – vollkommen war.

Nach etwa einer Stunde sah sie ihn mit zufriedenem Lächeln an und erlaubte ihm, sich zu betrachten. Er war gleichermaßen hingerissen und überrascht. Seine Gesichtszüge wirkten plötzlich viel delikater, seine Augen größer, sein Mund sinnlicher, aber noch immer vollkommen natürlich. Sanfte, goldbraun glänzende Locken und eine breite Strähne, die auf freche Weise abstand, umschlossen sein Gesicht.

»Du siehst aus wie Mireille Darc, nur in brünett«, meinte Sandrine.

Clandès nickte zustimmend, traute sich aber nicht zuzugeben, dass er nicht wusste, von wem sie sprach.

»So, und jetzt komm mit ins Schlafzimmer. Da ziehen wir dich an. Du passt bestimmt locker in meine Sachen. Welche Schuhgröße hast du denn?«

»Vierzig.«

»Dann wird's vielleicht ein bisschen wehtun, ich habe nämlich neununddreißig, aber wir nehmen einfach welche mit Riemchen und niedrigen Absätzen, du bist nämlich ziemlich groß.«

»Eins sechsundsiebzig, und siebenundfünfzig Kilo.«

»Das perfekte Mannequin. Wie eine Gazelle.«

Sandrine hielt kurz inne und verkündete dann, nicht ohne

Stolz auf ihren Einfall, dass Clandès heute Abend Pause hätte.

»Im Carrousel ist Bambi die Königin. Und schon bald wird sie eine Thronfolgerin haben: Gazelle.«

Das wäre mehr gewesen, als Domino sich je erträumt hatte.

Der Büstenhalter aus schwarzer Spitze bekam eine kleine Füllung aus rosa Söckchen, sodass Clandès' Erscheinung auf ansprechende Weise weiblicher wirkte. Dann musste er sich ein wenig verrenken, um in eine Miederhose zu schlüpfen, die seinen Anflug von Männlichkeit spürbar einzwängte. Als Sandrine sah, wie ungeschickt sich ihr Schützling anstellte, nahm sie die Sache buchstäblich selbst in die Hand.

»Du erlaubst doch?«

Ohne eine Antwort abzuwarten, erklärte sie ihm launig und indem sie ihre Worte mit den entsprechenden Handgriffen begleitete, wie er – bis ein berühmter Chirurg aus Casablanca sich der Sache annehmen würde – seine »Kronjuwelen« verschwinden lassen konnte.

»Du schiebst deine Kastagnetten zurück an ihren ursprünglichen Platz, also dahin, wo sie waren, bevor sie in ihren Beutel gerutscht sind. Dann klemmst du dir deine Flöte und den leeren Beutel zwischen die Beine und drückst das Ganze mit deinem Höschen fest. Voilà! Fass mal hin – wie bei einem jungen Mädchen, oder?«

Clandès-Gazelle verging fast vor Scham in dieser ungewohnten Zurichtung, ließ sich aber, wie Blanquette, die Ziege von Monsieur Seguin, »melken, ohne sich zu rühren, ohne den Fuß in den Napf zu setzen. Ein liebevolle kleine Ziege …«

»So«, sagte Sandrine, »und jetzt kommt das Kleid dran.

Das hier aus königsblauem Samt scheint mir genau das richtige.«

Mit ihrem fachkundigen Blick hatte sie die perfekte Wahl getroffen. Ihr Schützling sah umwerfend aus.

Die begehrlichen Blicke, die Vittorio auf Clandès warf, bestätigten sie in ihrer Einschätzung.

54

Das Essen war himmlisch, und die Vorstellung im Paradou ein Triumph. Als Sandrine die Maskerade lüftete, wurde sie mit Komplimenten und lobenden Worten überhäuft. Gazelle war wie berauscht, strahlte über das ganze Gesicht, war überglücklich und wollte keinesfalls wieder zu Clandès werden, und schon gar nicht zu Domino. Nicht um Mitternacht, sondern erst um vier Uhr morgens ging der Traum zu Ende. Gazelle musste ihr Kleid nicht dem Vogel zurückgeben, aber doch ihren Putz ablegen und wieder ein Junges werden.

»Als Transe warst du nicht schlecht, aber lieber bist du mir als Junge!«

Mit dieser absolut unpassenden Bemerkung begrüßte ihn einige Tage später ein Kerl namens »Tonto« an der Tür des Paradou. Clandès wusste nicht, was er darauf entgegnen sollte, ließ den unverschämten jungen Mann aber, von dessen animalischer Schönheit aus der Fassung gebracht, passieren. Die ganze Nacht ließ er ihn nicht aus den Augen. Der freche Kerl schien ihn nicht zu beachten oder tat jedenfalls so. In Clandès' Freundeskreis wusste man wenig über ihn. Angeblich war er nicht schwul, stammte von Zigeunern ab, war ein sympathischer Bursche und hieß Stanislas. Tonto, das spanische Wort für Dummkopf, war sein Familienname.

Als Jacquy, die Chefin, an diesem Abend den Laden schloss, schlug sie, wie sie es manchmal tat, ihrer Truppe und den letzten Gästen vor, noch in die Bar de la Marine zu gehen und dort zu frühstücken. Dieses Bistro lag am Alten Hafen und war als Schauplatz der *Marseiller Trilogie* von Marcel Pagnol bekannt. Hier war die berühmte Kartenpartie gedreht worden, bei der der Charakterkopf Raimu den Satz »Du brichst mir das Herz ...« sagte, der in die Filmgeschichte einging.

Um vier Uhr morgens waren hier kaum noch Gäste anzutreffen, und die Inhaberin, eine freundliche Marseillerin, empfing die heitere Truppe stets mit einer Herzlichkeit, die weit über das Geschäftsmäßige hinausging. Im Handumdrehen hatten sie den Raum in Beschlag genommen. Der Duft von Kaffee und warmen Croissants, die geradewegs aus der benachbarten Bäckerei kamen, mischte sich mit dem Geruch nach Würsten und Zwiebelsuppe.

Das Gespräch nahm angeregt seinen Lauf, und immer wieder wurde lauthals gelacht. Alle wünschten sich, diese Nacht nähme nie ein Ende.

Als das erste Tageslicht auf die Boote im Alten Hafen fiel, stand Jacquy auf. Die ganze ausgelassene Gruppe tat es ihr gleich. Im kalten, silberglänzenden Licht der Morgendämmerung ging jeder, allein oder in Begleitung, seines Weges. Ein anderes Leben forderte sein Recht ein.

»Ich bring dich nach Hause, Clandès!«

Als Domino in Richtung Canebière ging, hielt neben ihm ein schweres Motorrad, darauf, in einer engen schwarzen Lederjacke, Tonto, dessen halblange Haare im Wind flatterten. Seine Worte waren kein Vorschlag, sondern ein Befehl.

Clandès gestand, dass ihn zweirädrige Fahrzeuge eher abschreckten. Als Tonto sah, wie er zögerte, herrschte er ihn an:

»Hab dich nicht so. Steig auf!«

Er setzte seinen Fahrgast vor dessen Haustür ab und sagte ihm, genauso unbeirrt wie zuvor, er solle warten, bis er geparkt habe. Clandès versuchte halbherzig, ihn davon abzubringen – er habe nichts zu trinken im Haus, in vier Stunden habe er Vorlesung –, aber dieser Engel, der aus einem Roman von Jean Genet oder Tennessee Williams zu stammen schien, wischte jeden Widerspruch kurzerhand mit seinem gierigen und spöttischen Lächeln beiseite. Nur die Treppen trennten sie jetzt noch von endlosen und heißblütigen Umarmungen. Sie hasteten hinauf, und die schäbige Studentenbude verwandelte sich in einen Palast aus *Tausendundeiner Nacht*.

55

Das Leuchtzifferblatt des Weckers zeigte 14 Uhr. Domino lag allein im Bett. Sein Liebhaber war verschwunden, und er verspürte eine grenzenlose Sehnsucht, ihn wiederzusehen. Während der folgenden Tage wartete er vergeblich darauf, dass Tonto zurückkehrte. Doch dann ergab er sich seinem Schicksal und beherzigte einen seiner liebsten Sprüche seiner Großmutter Nine: »Ein Keil treibt den anderen.« Jede Sorge lässt sich mit einer anderen vertreiben. Und so stürzte Clandès sich wieder in die Vorbereitungen für die große Karnevalsfeier, die kurz bevorstand.

Mittlerweile sah er sich nicht mehr in der Verkleidung als griechischer Hirte, sondern im Kostüm einer Science-Fiction-Heldin. Vicky, der aus Toulon zu Besuch war, hatte ihn auf diese Idee gebracht. Von einem etwas zwielichtigen Concierge aus der Rue de Rome, der ansonsten für die Clique pseudo-englische Anzüge mit buntem Futter schneiderte, ließ Domino sich eine sehr kurze Tunika aus schwarz-weißem Vinyl im Stil von Courrèges fertigen. Vervollständigt wurde seine Aufmachung durch weiße Strümpfe von Dim, Mokassins von Church, deren Fransen er mit silberner Farbe angestrichen hatte – wie sie auch für die Rohre von Kohleöfen verwendet wurde –, und durch Wildwest-Ärmelschoner, die dieselbe Behandlung erfahren hatten. Ein Aufzug, der ordentlich etwas hermachte.

Vicky war der Ansicht, ein solches Geschöpf aus der Zukunft brauche unbedingt ein Tier als Begleitung. Die verrücktesten Sachen kamen ihnen in den Sinn: ein Tiger, ein Eisbär, ein ausgezehrter Wolf, ein Kakadu. Dann hatte Clandès eine Idee: An einer Leine aus Metall würde er ein altes gusseisernes Bügeleisen hinter sich herziehen, das gleichfalls silbern angemalt sein sollte. Dazu eine schwarze Perücke im Stil von Mireille Mathieu, der jungen Sängerin aus Avignon, die kurz zuvor einen Talentwettbewerb im Fernsehen gewonnen hatte, ein etwas kräftigeres Make-up, für das Olga Lee sorgen sollte, die ganz stolz auf ihren jungen Schützling war – und die Verwandlung war perfekt.

Zu ihrem größten Bedauern musste die schöne Olga an diesem Abend arbeiten und konnte nicht miterleben, wie Clandès triumphierte und unter dem Beifall der Gäste des Paradou den ersten Preis entgegennahm: ein goldplattiertes Feuerzeug von Dupont in der charakteristischen viereckigen

Form, das beim Schließen dieses typische Klicken von sich gab, das seinem Besitzer das Gefühl vermittelte, zu den oberen Zehntausend zu gehören.

56

Einige Tage nach dieser Krönung machte Clandès' Chefin ihm ein verlockendes Angebot. Eine ihrer Wohnungen war frei geworden, eine hübsche kleine Dreizimmerwohnung in der Rue Estelle, also nahe der Oper, im vierten Stock ohne Lift, aber mit einem gemütlichen, sonnigen Balkon, und das alles zu einem lächerlichen Preis. Ob Domino dort einziehen wollte? Aber ja! Er bedankte sich überschwänglich, voller Freude über sein erstes wahres eigenes Zuhause. Schon bald zog er um, und vom ersten Tag an fühlte er sich dort ausnehmend wohl. Das Glück war ihm hold.

Ein Glücksfall kommt niemals allein, und so tauchte auch Tonto wieder auf. Ihre Beziehung war ohne Zweifel ungewöhnlich. Sie trafen sich nun immer häufiger, aber stets, ohne sich verabredet zu haben. Der Zigeuner stand einfach unvorhergesehen vor den Stufen, die zu Clandès' Haustür führten. Wie oft war er nach der Schließung des Ladens nicht mehr mit frühstücken gegangen, in der Hoffnung, Tonto am anderen Ende der Straße zu erblicken! Wie oft hatte er versucht, ihn am frühen Morgen bei sich zu halten! Doch sein rastloser Liebhaber hatte ihm das Versprechen abgenommen, niemandem anzuvertrauen, dass sie einander sahen, und er hatte Wort gehalten. Wenn sie sich im Paradou begegneten, taten sie, als seien sie einfach nur befreundet.

Es hätte noch lange so weitergehen können, doch eines Morgens nahm die Polizei den schönen Gauner fest. Er wurde wegen mehrerer Einbrüche gesucht. Obwohl Tonto alles abstritt, konnte Clandès die Gesetzeshüter nur mit Mühe davon überzeugen, dass er selbst mit der Sache nichts zu tun hatte. Nach einer Nacht in Gewahrsam und einer Durchsuchung seiner Wohnung kam er wieder auf freien Fuß, und sein streunender Liebhaber wurde eingesperrt.

Die Geschichte machte natürlich die Runde, und jeder wollte sie aus dem Munde des Hauptangeklagten – pardon, des Hauptbeteiligten – hören. Doch der tat ihnen diesen Gefallen nicht.

Eines Abends besuchte Vicky Domino im Paradou. Er kam mit einer höchst erfreulichen Nachricht: Er hatte den Job als Discjockey im neuen Laden von Jeannot-Régine angenommen, dem Le Grenier. Er würde also zurück nach Marseille ziehen. Clandès war begeistert und bot ihm an, bei ihm in der Rue Estelle zu wohnen.

Von Anfang an war ihr Zusammenleben geradezu traumhaft. Sie lachten von morgens bis abends. Vicky war ein exzellenter Koch und bezeichnete seine Gerichte als mesopotamisch, assyrisch oder babylonisch, als hätten Ratatouille oder Huhn in Whisky in einer dieser weit entfernten, geschichtsträchtigen Gegenden erdacht werden können. Sie arbeiteten beide zu den gleichen Zeiten in der Nacht und gingen erst, nachdem sie noch lange über Gott und die Welt geredet hatten, »im fahlen Morgendämmer« zu Bett, wie es in dem Chanson von Michèle Arnaud hieß. Am meisten beschäftigte sie die Sorge um ihre Zukunft, und ihre Aussichten waren nicht gerade rosig. In Vickys Augen waren sie beide zu begabt, um Erfolg zu haben, und dieser absurd-komische Widerspruch trieb sie bisweilen in die völlige Ausweglosigkeit. Ihr Hunger auf das Leben und ihre Gier nach Entdeckungen brachten sie jedoch meist rasch wieder, von zahlreichen Hoffnungen und Verlockungen begleitet, zurück auf den bewährten Weg der Selbstironie.

In diesem spielerischen Dasein, das dem normalen Lebensrhythmus völlig zuwiderlief, wurde es für Domino zunehmend schwieriger, die Vorlesungen zu besuchen, aber die Hirngespinste, die sie Nacht für Nacht flochten, brachten ihn dazu, sich immer wieder ins Zeug zu legen, sodass er nicht ins Hintertreffen geriet.

57

Der Monat ging zu Ende, und es hieß Abschied nehmen von Sandrine, die zurück nach Paris ins Carrousel fuhr. Clandès und Vicky begleiteten sie zum Bahnhof. Beide konnten ihre Tränen nicht unterdrücken. Olga Lee war etwas standfester und versicherte Clandès erneut, dass sie sich ganz ohne Zweifel früher oder später im Carrousel wiedersehen würden. In dieser Nacht drehte sich bei Clandès und Vicky daher alles um die eine Frage: als Frau leben oder nicht?

Im Morgengrauen stand der Entschluss fest. Sie wollten alles daran setzen, und zwar gemeinsam.

In den folgenden Tagen sammelten sie wie Spürhunde alle verfügbaren Informationen, vor allem bei Jeannot-Régine, der einige Jahre zuvor bei Madame Arthur gearbeitet hatte, in dem Kabarett, das so etwas wie das Vorzimmer zum Carrousel war und in dem sich alle Travestiekünstler am Anfang ihrer Karriere die ersten Sporen verdienten. Was er von dort zu berichten wusste, hätte auch den stärksten Entschluss ins Wanken bringen können. Drogen, Prostitution, Verelendung, Verfolgung – diese Dinge bestimmten in seinen Augen den Alltag der Transvestiten, ganz abgesehen von Eifersucht, Verrat und Lüge. Er war froh gewesen, als seine Zeit bei Madame Arthur vorüber gewesen war.

Aber Clandès hielt nun unbeirrter denn je an seinem Entschluss fest. Dabei rief er sich immer wieder den Spruch eines unbekannten chinesischen Philosophen in Erinnerung, den Vicky gern zitierte, wenn er, obgleich halbherzig, negative Umstände ignorieren wollte, die nicht zu ändern waren: »Die Erfahrung ist eine Laterne am Rücken dessen, der allein durch die Nacht geht.«

Seine jugendliche Ahnungslosigkeit, die ihn in den Augen manch anderer als dummdreist erschienen ließ, wiegte ihn zugleich in der Gewissheit, von derlei Gefahren verschont zu bleiben. Er war Künstler. Ihm würde es gelingen, solche Hindernisse zu überwinden. Nichts und niemand würde ihn davon abhalten, den ihm vorbestimmten Weg zu gehen.

Entsprach es dem Geist der Zeit oder war es einfach nur Zufall? Jedenfalls tauchten in der Stadt ein paar Transvestiten aus Paris auf, die einige Wochen lang regelmäßig ins Paradou kamen und wertvolle Auskünfte über die Lebensbedingungen geben konnten, auf die sich zukünftige »Traumgeschöpfe«, wie sie sich selbst gern nannten, einstellen mussten. Diese Auskünfte und Informationen ließen bei so manchem jungen Gast der Diskothek Zweifel aufkommen.

Was den Beruf anging, so blieben den Mädchen, die neu hinzukamen, nur zwei Möglichkeiten: die Bühne oder die Straße. Alle waren überzeugt, dass, wer eine Frau werden wollte, Opfer bringen musste, und dass der Zweck die Mittel heiligte. Sie hielten sich an das berühmte Diktum von Simone de Beauvoir – »Man kommt nicht als Frau zur Welt, man wird es« –, hatten gekämpft und kämpften noch immer. Eine Frau zu werden, war manche teuer zu stehen gekommen, und das nicht nur im Wortsinn. So manche hatten ihre Seele verloren, als sie einen Punkt erreicht hatten, an dem es kein Zurück mehr gab, und in ein künstliches Paradies eingetreten waren, in dem sie fortan als freiwillige Sklavinnen dienten. Die einzige Rettung bot da das Kabarett. Doch dafür musste man begabt sein, man brauchte Talent und eine Menge Geld, um für die Kostüme und die Choreografien aufzukommen und die Hormonbehandlungen und Operationen zu bezahlen.

Vicky und Clandès wägten jedes Risiko ab, bedachten jedes mögliche Hindernis. Sie waren in ihren Augen begabte Künstler, hatten Talent und besaßen ein ausreichend schönes Äußeres, um auf ästhetische Korrekturen verzichten zu können. Das Problem war der Mangel an Geld für die Bühnenkostüme und die Choreografen, die ihre Nummern kreieren sollten. Sie würden also weiter arbeiten und sich mächtig ins Zeug legen und Marseille erst dann verlassen, wenn sie ein entsprechendes Sümmchen beisammen hätten, das ihnen erlauben würde, ihr Glück in der Hauptstadt zu versuchen.[1]

1 Um nichts unversucht zu lassen, spielten die beiden sogar jeden Mittwoch in der staatlichen Lotterie, in der festen Überzeugung, dass die Kriegsversehrten ihnen das große Los bescheren oder doch zumindest einen Beitrag zu ihrer Reisekasse leisten würden.

Dieses klare Bekenntnis beruhigte sowohl die Menschen in ihrem Umfeld als auch sie selbst. Ihre Freunde waren beruhigt, weil sie glaubten, die Zeit schwäche jede noch so starke Sehnsucht ab, und sie selbst waren es, weil sie der Überzeugung waren, ihr Ziel schon in Bälde zu erreichen.

58

Wie Schwalben auf ihrem Zug in gastlichere Gefilde flogen die »Transen« – so Illico nicht ohne Verachtung in der Stimme – schon bald nach Cannes weiter, wo, wie sie behaupteten, die Vertreter des männlichen Geschlechts dem kostenpflichtigen Genuss der Reize der »Fräuleins aus dem Jahr 2000«, wie sie sich selbst bezeichneten, weitaus zugeneigter waren.

Gleichwohl hatte ihr Aufenthalt Spuren hinterlassen und Nachahmer hervorgebracht. Eines Abends tauchte René d'Aubagne in schwarzem Kleid, Stöckelschuhen und dunkelbrauner Perücke im Paradou auf. Sie erklärte fest entschlossen, dass sie fortan so leben werde, ob das den Leuten nun passe oder nicht, und dass sie mit einer befreundeten Prostituierten in der Rue Paradis arbeiten werde. Alle versuchten, sie davon abzubringen, doch sie beendete all die jahrelangen Freundschaften, indem sie verkündete, sie wolle keinesfalls eine alte Schwuchtel werden. Jedenfalls würden sie einander nie wiedersehen. Diesen Worten ließ sie Taten folgen und verschwand.

Als sie weg war, entflammte eine heftige Diskussion. Die anfängliche Verblüffung wich schon bald der Wut, und kein

Wort war verletzend genug, um – in Abwesenheit – den Abtrünnigen zu verurteilen, der es gewagt hatte, dem Clan untreu zu werden. Bevor sie sich auf die Tanzfläche verzog, wo gerade ein paar langsame Nummern liefen, darunter »My Man«, der neueste Song von Barbara Streisand, feuerte Alexandra Filipowna den letzten Pfeil ab:

»Dann wird er vielleicht keine alte Schwuchtel, aber dafür eine alte Transe.«

Als Clandès nach Hause kam und, noch immer leicht aus der Fassung, Vicky von dem Vorfall erzählte, brachte dieser mit seiner unbestechlichen Scharfsicht die Dinge kurz und bündig auf den Punkt: René d'Aubagne hatte ihnen gezeigt, dass allmählich der Ernst des Lebens begann. Er hatte ihnen eine Tatsache vor Augen geführt, der sie sich alle stellen mussten: Das Ende ihrer unbeschwerten Jugend war nicht mehr weit. Sie konnten frei über ihr Leben entscheiden. Sie beide hatten doch auch schon ihren weiteren Weg geplant. Also mussten sie sich dem jetzt voll und ganz verschreiben. Zwar hatten sie sich zu dem Schritt entschieden, doch bis jetzt noch nichts Konkretes unternommen. Er legte ihm dar, was sie als Nächstes tun mussten: sich eine Ausstattung beschaffen, wie Frauen sie hatten. Kleider, Dessous, Schuhe, Handtaschen, Perücken … alles, was eine Frau ausmachte. Dann schlug er ihm eine dumme Aktion vor.

Im Schaufenster eines Kaufhauses in der Rue de Rome waren Perücken, Kopfschmuck und Haarteile ausgestellt. Dort würden sie einbrechen, am besten in einer Nacht, in der ein Gewitter über der Stadt niederging.

»Aber dann geht doch der Alarm los«, gab Clandès ängstlich zu bedenken.

»Ich hab's überprüft«, sagte Vicky komplizenhaft. »Das ist nur ein kleines Schaufenster, das hat mit ziemlicher Sicherheit gar keine Alarmanlage.«

Die Sache war in seinen Augen eine Bagatelle, und die Gewissheit, damit nichts Unrechtes zu tun, übertrug sich schließlich auf seinen Kumpan. Auch dessen aufkeimende Schuldgefühle wischte er mit leichter Hand beiseite, indem er pseudomarxistisch argumentierte: »Die Kaufhäuser haben das Volk bestohlen, und jetzt holt sich das Volk zurück, was ihm zusteht.«

Clandès brach in Lachen aus, besiegelte damit ihren Pakt und rief:

»Es lebe die Revolution! Jeder bekommt etwas, und ich bekomme am meisten!«

Weil sie am Rand der Gesellschaft standen, sahen sie sich keinerlei Konventionen verpflichtet. Sie wollten sich über alle Regeln hinwegsetzen und erfanden daher ihre eigenen, als Surrogate derer, die bereits existierten. Not kennt kein Gebot, so lautete ihre Devise, und sich keinen Zwängen zu unterwerfen, war ihr oberstes Gesetz. Nichts sollte ihre Lebenslust schmälern.

Heiteren Mutes schliefen sie ein, die Träume erfüllt von donnernden Gewitternächten.

59

Auch während der folgenden Tage beherrschte der Weggang von René d'Aubagne die Gespräche. Die gesamte Clique des Paradou war sich einig, dass man sich mit ihm versöhnen müsse. Der Emissär, der in dieser Mission geschickt wurde, war selbstredend Clandès.

René, der sich mittlerweile Géraldine nannte, übte sein Gewerbe jeden Abend ab Beginn der Dunkelheit aus, an der Ecke der Rue de Breteuil und des Cours Pierre-Puget, ganz in der Nähe des Landgerichtes. Eine Freundin aus Kindertagen hatte ihm dort auf dem Gehweg einen Platz verschafft, wo auch sie selbst tätig war, dank ihres »Ehemannes«, der seine schützende Hand über sie beide hielt. Als Géraldine Clandès entdeckte, kam sie hastig auf ihn zu.

»Was willst du hier? Ihr sollt mich auf keinen Fall auffliegen lassen, du und die ganze Clique!«

»Ich wollte nur mit dir reden und dir sagen, wie sehr du uns fehlst.«

»Das ist jetzt nicht der richtige Ort und nicht die richtige Zeit. Ich bin hier bei der Arbeit, verdammt!«

Géraldine holte einen Stift und ein Heft aus ihrer winzigen Handtasche, riss ein Blatt heraus und kritzelte hastig eine Adresse darauf.

»Komm morgen Abend um sechs Uhr zu mir. Aber jetzt hau ab.«

René wohnte am Quai du Port, in einem der modernen Gebäude, die nach dem Krieg auf den Trümmern des vormaligen Viertels Saint-Jean errichtet worden waren, das die Deutschen dem Erdboden gleichgemacht hatten. In der fünften Etage, in einer hübschen Zweizimmerwohnung mit Blick über den Alten Hafen, die durchaus geschmackvoll eingerichtet war, wenn auch vielleicht mit etwas zu viel Rosa. Das Wohnzimmer, das Schlafzimmer – alles war hauptsächlich in Pink gehalten. Sie zeigte ihrem Gast auch das Badezimmer, in dem sogar der Teppichboden rosa war und das sie hochtrabend ihr »Schönheitslabor« nannte. Und sie erzählte ihm, wie glücklich sie mit ihrem neuen Leben war, wie gut sie auf dem Bordstein ankam, wie es ihr gelang, die Kunden zum Narren zu halten, die sie für eine echte Frau hielten, und wie sie jeden Tag sagenhaft viel Geld verdiente.

Voll Anerkennung und Bewunderung stellte Clandès fest, dass sie in kurzer Zeit eine recht hübsche Puppe geworden war und mittlerweile einen deutlich gehobeneren Lebensstil pflegte. Dennoch glaubte er, in ihren Worten, die nicht weniger rosa waren als ihr Zuhause, für einen Moment eine gewisse Beklommenheit zu spüren, die sie allerdings geschickt wieder verscheuchte, indem sie davon berichtete, wie sie vor Kurzem einen gutaussehenden Rechtsanwalt an die Angel gekriegt hatte, der seitdem jeden Tag zu ihr kam und sie fürstlich entlohnte. Jetzt stellte Domino die Frage, die ihm schon die ganze Zeit auf den Nägeln brannte:

»Und wie stellst du es an, dass deine Kunden nicht merken, dass du gar keine Frau bist?«

Géraldine lächelte ihm komplizenhaft zu und erklärte unverblümt:

»Ich gebe mich ziemlich zugeknöpft und stelle von Anfang an klar, dass nicht gevögelt wird. Blasen, Handarbeit, eine Viertelstunde zum Abspritzen.«

Amüsiert darüber, wie peinlich berührt Clandès sie ansah, brachte sie ihn zur Tür und versprach, bald mal wieder im Paradou vorbeizuschauen.

Irritiert betrat Clandès den Lift. War Géraldines neues Leben, das ihm erst noch wie ein Traum erschienen war, nicht doch eher ein Albtraum? Hinter all dem Rosa zog eine gewisse Schwärze auf. Als ihm vom Alten Hafen her Schwaden von üblem Geruch entgegenschlugen, wurde ihm klar, wie weit die Wirklichkeit von den exquisiten Düften in Géraldines »Schönheitslabor« entfernt war.

60

Eines Dienstagnachmittags verkündete Vicky, dass die olympischen Götter ihnen gewogen seien und das Wetter günstig für einen nächtlichen Streifzug, bei dem sie den begehrten Kopfputz erbeuten würden. In diesen milden Tagen Ende Februar standen heftige Gewitter bevor, und genau in dieser Nacht sollte eines über der Stadt niedergehen. Daher verbrachten sie einen Großteil der Nacht wartend auf den Stufen vor ihrem Hauseingang in der Rue Estrelle, verzogen im Nieselregen, der die verlassene Straße besprühte, die Gesichter und sehnten das Gewitter herbei. Gegen zwei Uhr morgens blieb ein Auto vor ihnen stehen, darin zwei Polizisten in Zivil, die sie offenbar bemerkt hatten.

»Victor, Clandès, was macht ihr denn hier?«

Die Jungs von der Sitte staunten nicht schlecht. Clandès und Vicky kannten sie, denn die beiden kamen oft am Abend ins Paradou, um sich zu vergewissern, dass alles in Ordnung war, und falls es mal Zores gab, griffen sie immer rasch ein. Die beiden Freunde behaupteten, auf einen Kumpel zu warten, der bei ihnen übernachten wollte. Einer der beiden Polizisten brachte in freundschaftlichem Ton ein paar Zoten an und ermahnte sie wie ein fürsorglicher Familienvater, auf sich aufzupassen.

Als der Wagen das Ende der Straße erreicht hatte, wurde der Regen stärker und die ersten Donnerschläge waren zu hören. Wie auf Kommando standen Clandès und Vicky auf. Sie warteten ein paar Sekunden und liefen dann, aus voller Kehle lachend, die Straße hinab, während der Regen immer heftiger niederging und die Blitze immer rascher aufeinander folgten. Bald hatten sie die Kreuzung der Rue de Rome mit der Rue Vacon erreicht. Als sie vor dem Schaufenster standen, in dem die Wunderdinge auslagen, nahm Vicky einen Gullydeckel und warf ihn durch die Scheibe. Sie zersprang mit ohrenbetäubendem Lärm, der allerdings von dem immer lauter werdenden Donner übertönt wurde. Hastig rafften sie Perücken, Haarteile und anderen Tand und Nippes zusammen.

In weniger Zeit, als sie für den Hinweg gebraucht hatten, waren sie, nass bis auf die Knochen, wieder im geschützten Unterschlupf ihrer Wohnung. Ganz verdattert von ihrer Kühnheit und ihrer Erscheinung – sie sahen aus wie gebadete Hunde – lachten und lachten sie, bis der Morgen graute.

61

Dem unbedingten Willen, die eigenen Träume zu verwirklichen, kann sich nichts in den Weg stellen. Und ist man zu zweit, so wird die Entschlossenheit nur umso größer. Vor Clandès und Vicky zeichneten sich zwar durchaus Hindernisse ab, die manchmal sogar unüberwindbar erschienen, doch in ihrem jugendlichen Eroberungsdrang schenkten die beiden ihnen keine Beachtung. Die größte Herausforderung bestand darin, ausreichend Geld zusammenzutragen, um in Paris ihr Leben bestreiten zu können, bis sie ein Engagement bei Madame Arthur bekamen, wo man sich seine Sporen verdienen musste, bevor man ins Le Carrousel gelangen konnte, das als die Comédie-Française der Travestiekünstler galt.

Sie sparten jeden Sou, stellten jedoch bald fest, dass sich ihr Beutel dadurch kaum füllte. Wenn es weiter so langsam ging, hätten sie die erforderliche Summe erst in einem oder zwei Jahren zusammen. Gleichwohl blieben sie optimistisch. Sie waren jung und hatten alle Zeit der Welt, und vielleicht würden sie schon bei der nächsten Ziehung in der Lotterie gewinnen.

Derweil rückten die Jahresabschlussprüfungen an der Universität immer näher, und Clandès war im Grunde völlig unvorbereitet. Vickys Stimmungen schwankten stark, oft blieb er die Nacht über aus oder faulenzte und schlief tagelang in seinem Zimmer. Mit der Zeit machte Domino sich Sorgen um ihn.

Als er eines Tages wieder zur Uni fahren wollte, musste er feststellen, dass der Bus nach Aix wegen eines Streiks im öffentlichen Nahverkehr ausfiel. Also ging er wieder zurück nach Hause. Kaum hatte er die Wohnung betreten, stieg ihm der heftige, beißende Geruch von Äther in die Nase. Er stürzte in Vickys Zimmer, und was er dort sah, war niederschmetternd.

Die Fensterläden waren geschlossen, nur eine Kerze verbreitete ihren schwachen Schein, in dem unter getränkten Wattebäuschen Gesichter zu ahnen waren. Sie mussten zu dritt oder viert sein. Clandès unterdrückte seine Wut, während er lärmend die Fenster weit aufriss. Dann sagte er Vickys »Gästen«, sich sollten sich auf der Stelle verziehen. Angesichts seines harschen Tons und des grellen Tageslichts machten sie sich ohne den geringsten Widerstand davon.

Vicky war restlos zugedröhnt und brachte keinen Ton heraus. Er machte ausladende Bewegungen mit den Armen und verschloss offenbar die Augen vor der Wirklichkeit. Clandès raste innerlich, warf ihm einen vernichtenden Blick zu und ging hinaus. Sein bester Freund nahm Drogen. Er selbst lehnte jede Art von Drogenkonsum kategorisch ab und hätte es nie für möglich gehalten, dass Vicky so etwas tat. Er war maßlos enttäuscht und völlig ratlos. Ihm fehlten die Worte. Mit einem Mal stürzten alle ihre schönen Vorhaben in sich zusammen, wie Sandburgen, die von einer plötzlich auftauchenden, verirrten Welle weggespült wurden. Unmöglich konnte er jetzt in der Wohnung bleiben. Er musste hinaus, umherlaufen, sich wieder sammeln, nachdenken.

Doch wohin? Um seine Freunde zu treffen, war es noch zu früh. Und wem hätte er sich schon anvertrauen können? Vicky war sein einziger echter Freund. Wie war es möglich gewesen, dass er nie etwas bemerkt hatte? Während er weiter ziellos vor sich hinging, riss ihn plötzlich eine kühle, salzige Brise aus seinem Dämmerzustand. Ohne es zu bemerken, war er bis zu den *pierres plates*, den »flachen Steinen«, gegangen. Hier, auf der Befestigung unterhalb der Mauern des Fort Saint-Jean, hatte er als Kind, zusammen mit den anderen Kindern aus den armen Familien von Le Panier, gebadet, war ins Wasser gehechtet oder durch den Alten Hafen bis zum Privatstrand des Palais du Pharo geschwommen, wo sich die reichen Kinder im Wasser vergnügten. Das war nicht ganz ungefährlich, denn immer wieder mussten sie kleinen Jachten oder Fischkuttern ausweichen, oder auch den Touristenbooten, die zum Château d'If fuhren. Wenn es zu solchen

Begegnungen kam, ließen die Boote wutentbrannt ihre Nebelhörner ertönen. Das erste Mal war ihm diese gefährliche Überquerung, die etwas von einer Initiation hatte, nur dank der Körbe gelungen, die ein Langustenfischer mitten in der Fahrrinne ausgelegt hatte. Deren Schwimmer hatten ihm auf der Hälfte der Strecke rettenden Halt gewährt und ihn vor dem Ertrinken gerettet. In der Erinnerung an dieses lange zurückliegende Erlebnis fand er einen Ausweg aus seinen Schwierigkeiten der Gegenwart.

Als er zurückging, war sein Zorn verflogen. Nichts würde ihn davon abhalten, die Richtung einzuschlagen, in die seine innerste Überzeugung ihn drängte. Was auch immer geschehen mochte, sein Glücksstern würde ihm helfen, die Bojen zu erkennen, die seinen Weg markierten. Er fühlte sich beschwingt und sagte sich voller Freude das Gedicht von Rudyard Kipling vor: »Lässt du dich nicht von Freund noch Feind bestechen, schätzt du den Menschen, überschätzt ihn nicht; füllst jede unerbittliche Minute mit sechzig sinnvollen Sekunden an: Dein ist die Erde dann mit allem Gute …«, und in bewusster Abänderung der Schlusszeile fügte er hinzu: »Und was noch mehr, mein Sohn: Du wirst eine Frau sein!«

62

Als er nach Hause kam, fand er die Wohnung verlassen vor. Vicky war fort und hatte nur einige diffuse Worte der Entschuldigung auf ein Stück Papier gekritzelt, deren Inhalt ahnen ließ, dass seine Gewissensbisse so stark waren, dass er sich bis auf Weiteres nicht mehr blicken lassen würde.

Die Funkstille dauerte über einen Monat. Erst Anfang Juni tauchte Clandès' Freund und Mitbewohner wieder im Paradou auf. Sie versöhnten sich auf der Stelle. Musste man seine Freunde nicht auch für ihre Fehler lieben? Das gemeinsame Leben und Lachen ging weiter, inniger als zuvor. Auch ihre verwegenen Pläne griffen sie wieder auf. Während jedes ihrer nächtlichen Gespräche brachte entweder der eine oder der andere immer wieder sehnsuchtsvoll eine Idee ins Spiel: im Juli nach Saint-Tropez zu gehen und dort die Sommersaison zu verbringen.

Clandès war guter Dinge, als er die Abschlussprüfungen des ersten Studienjahrs in Jura ablegte. Die Ergebnisse blieben jedoch hinter seinen Erwartungen zurück.

»Das ist doch kein Grund, traurig zu sein«, meinte Vicky. »Immerhin hast du es in die Nachprüfungen im Oktober geschafft.«

»Ich habe nur bekommen, was ich verdient habe. Und dieses Jahr habe ich wirklich nicht besonders viel gerissen. Diesen Sommer werde ich mich also mächtig reinhängen müssen. Das heißt, dass es wohl nichts wird mit Saint-Trop. Da würden wir ja doch nur jeden Abend feiern gehen. Aber ich muss die mündliche Nachprüfung unter allen Umständen bestehen.«

Es kostete Vicky nicht viel Mühe, seinen Freund vom Gegenteil zu überzeugen.

»Du bist doch total begabt. Deswegen hast du auch immer alles erreicht, was du wolltest. Und diese Nachprüfung ist bloß eine Formsache, glaub mir. Wir werden einfach so viel arbeiten, dass wir überhaupt keine Lust mehr haben, Party zu machen. Und in Saint-Trop lernen wir bestimmt auch eine Menge Leute aus Paris kennen. Das wird uns helfen, wenn wir dann dort Fuß fassen wollen.«

Diesem Argument war nicht zu widersprechen. Und weil auch Jacquy damit einverstanden war, dass ihr junger Mitarbeiter den Sommer über nicht da war – denn in dieser Jahreszeit reduzierte sie die Belegschaft ohnehin und schloss das Paradou dann im August, um die Familie ihres Mannes in deren Heimatort Calenzana zu besuchen –, hielt nichts mehr Domino davon ab, die Strände, an denen der Geist von BB wehte, zu genießen.

Saint-Tropez bereitete ihnen einen weitaus angenehmeren Empfang als bei ihrem letzten Besuch. Vicky fand schon am ersten Tag Arbeit in einem kleinen Restaurant namens *La Marmite* in der Rue des Remparts. Die Inhaberinnen, ein lesbisches Pärchen, brachten ihn in einem Fischerhäuschen unter, das aus einem Wohnraum im Parterre und einem Schlafraum mit Badezimmer im oberen Stock bestand. Ohne darüber nachzudenken, ließ er Clandès ebenfalls dort wohnen.

Die olympischen Götter waren, wie die beiden Freunde gerne sagten, auf ihrer Seite. Denn auch Clandès fand rasch einen Job, ebenfalls in einem sympathischen Restaurant, dem Chez Jeanine in der Rue du Clocher. Die Chefin des Hauses, eine hübsche Brünette um die vierzig, die sich leidenschaftlich gern die Kehle anfeuchtete, verschwand oftmals schon, während der Betrieb noch lief, und überließ es Clandès, das Lokal zu schließen.

Ihm war das lieber so, denn je später es wurde und je mehr Gläser sie geleert hatte, desto verschwommener wurde ihr Blick, desto unordentlicher wurden ihre Haare und desto undeutlicher sprach sie. Eine wenig appetitliche Erscheinung, die auch die Gäste nicht unbedingt gerne sahen.

»Wenn Sie möchten, können Sie ruhig schon gehen, Jeanine.«

Daraufhin eilte sie davon, wie ein Ertrinkender, der die rettende Boje erblickt hat, selig, jemanden gefunden zu haben, der sie verstand und so tatkräftig unterstützte.

Als waschechte Nachteulen gingen die beiden Freunde nur selten an den Strand. Sie standen gegen drei Uhr nachmittags auf und waren um sechs Uhr bei der Arbeit, und so kurz ihre Tage waren, so zauberhaft waren ihre Nächte, die oft weit über die Morgendämmerung hinausreichten.

Nach der Arbeit trafen sie sich zu Hause. Ihr Wohnzimmer hatten sie durch zahlreiche Topfpflanzen, die sie jeweils morgens vor den Häusern des Städtchens geklaut hatten, in eine Art Wintergarten verwandelt. Das Ergebnis war durchaus beeindruckend. Vicky kümmerte sich mit »ordnender Hand« um dieses Durcheinander an Gewächsen, vermisste jedoch etwas, das diesem Garten Eden in seinen Augen den letzten Schliff verliehen hätte: Vögel.

Jeden Abend pflegten sie, nach einer raschen Dusche, dasselbe seltsame Ritual. Vicky setzte sich, nur mit einem weißen Slip von Éminence bekleidet, auf das Bett. Dann öffnete Clandès auf sein Kommando hin den Kleiderschrank. Minutenlang musterte Vicky dessen Inhalt, ohne ein Wort zu sagen. Dann stand er auf, wie ein Raubtier, das sich auf seine Beute stürzt, und warf alles Mögliche auf das Bett: T-Shirts, Hemden, Hosen, Halsketten und anderen Krimskrams, und das alles in den abwegigsten Farbkombinationen. Damit staffierten sie sich aus, und dann noch einen Hauch Jicky von Guerlain hinter die Ohren getupft, zwei Tropfen Collyre Bleu in die Augen, und sie waren bereit zum Ausgehen. Die Nacht gehörte ihnen.

Zuerst machten sie meist einen Abstecher ins Gorille. In dieser Bar, die am Hafen von Saint-Tropez lag und rund um die Uhr geöffnet hatte, war immer etwas los. Saisonarbeiter, Urlaubsgäste, Reiche, Arme, Frauen, Männer, Junge und Ältere, sie alle kamen aus demselben Grund hierher: um zu feiern. Man konnte dort die besten Bratwürste der Welt essen, die ganze Nacht vor einer Tasse Kaffee zubringen, einen Genossen für die Nacht oder fürs Leben finden, bis zum Tagesanbruch in Gelächter schwelgen oder auch nur mal kurz vorbeischauen. Kein Lokal in diesem hübschen kleinen Städtchen war so gut besucht. Hier war alles möglich. Hier musste man gesehen werden, und hier konnte man sehen.

Clandès und Vicky ließen sich nichts von all dem entgehen. Mit ihrem jugendlichen Übermut passten sie bestens zu dem Wind der Freiheit, der in der Nacht durch die gewundenen und verwinkelten Gässchen rund um den Fischerhafen wehte. Sie waren selig und wussten doch, dass all dies nicht von Dauer war, und diese Vergänglichkeit steigerte ihr Glück nur umso mehr.

Nach nur wenigen Tagen hatten sie ein kleines Grüppchen um sich geschart. Junge Leute in ihrem Alter, getragen von derselben Lebensfreude und mit denselben Dingen im Sinn: Spaß, Musik, Sonne und Strand. Manche hatten Aushilfsjobs, andere waren mit ihren Eltern im Urlaub, und alle zeigten sich in der Clique von ihrer besten Seite. Nichts hatte wirklich Bedeutung, überall herrschten Leichtigkeit, Freiheit, Zufriedenheit. Niemand ließ sich mehr von den Regeln der Eltern stören. Der einzige Maßstab war die Lust am Leben. Es gab kein Gestern und kein Morgen. Sie trugen ihre Jugend wie ein Banner vor sich her und waren auf dem Weg, eine neue Weltordnung zu schaffen.

Ende Juli klopfte die unerbittliche Realität wieder bei Clandès und Vicky an. Sie mussten die Miete in Saint-Tropez bezahlen, aber auch für ihre Wohnung in Marseille. Sie hatten nicht so viel verdient wie erwartet und überlegten kurzzeitig, nach Hause zurückzukehren. Doch die Entscheidung war rasch gefallen. Sie blieben, verschoben die Geldangelegenheiten auf später und hofften, das Schicksal käme ihnen bald zu Hilfe. Kurz darauf hatten sie ein Erlebnis mit einer besonderen Art von Federvieh, das ihnen die schönste Erinnerung an ihren Aufenthalt bereitete.

Als sie eines Morgens nach einer durchfeierten Nacht in ihren Lieblingsdiskotheken Le Pigeonnier und Le Papagayo nach Hause kamen, bemerkte Vicky, dass ihr Nachbar an der Hauswand einen Käfig aufgehängt hatte, in dem vier türkis gefiederte Wellensittiche friedlich vor sich hin schlummerten. Der Blick, den er Clandès zuwarf, war eindeutig. Sein

Traum würde sich erfüllen, und diese Vögel könnten sich schon bald in einem eigens für sie eingerichteten Gewächshaus vergnügen: ihrem Wohnzimmer.

Clandès versuchte, Vicky zur Vernunft zu bringen, aber der war schon dabei, den Käfig zu öffnen. Aufgeschreckt vom Geschaukel, in das ihre Wohnstatt dabei geriet, fingen die Vögel an zu lärmen – im unpassendsten Augenblick. Aus lauter Verzweiflung griff Vicky in den Käfig, um einen von ihnen herauszunehmen. In diesem Moment ging im ersten Stock des Hauses das Licht an, und der Nachbar streckte seinen Strubbelkopf aus dem Fenster. Ein Schwall von Beschimpfungen ergoss sich über die beiden Freunde, die sich, zu Tode erschreckt, nach Hause flüchteten. Die Vögel sausten blitzschnell in die Freiheit, und ihr Besitzer, der mittlerweile halb nackt und zeternd in der Haustür stand, erfuhr nie, dass seine beiden freundlichen Nachbarn für diese niederträchtige Schandtat verantwortlich waren. Die beiden Schlingel dagegen, verborgen hinter ihren verschlossenen Fensterläden, vergingen fast vor Lachen.

Die Gewitter, die Ende August über das Land zogen, waren das Zeichen, das alle mit Bangen erwartet hatten. Das Ende der Ferien nahte, und bald wäre die sorglose Zeit vorbei. Als Vicky eines Abends von der Arbeit nach Hause kam, erklärte er, dass sie am nächsten Tag in aller Herrgottsfrühe abreisen würden, ohne jemandem Bescheid zu sagen. Clandès versuchte zu widersprechen, was jedoch zwecklos war.

»Das Leben ist ein Theaterstück: Es kommt dabei allein auf den Auftritt und den Abgang an. Wer in Erinnerung bleiben will, muss sich geheimnisvoll geben und möglichst lautlos verschwinden.«

Clandès stimmte schließlich zu und dachte bei sich, dass Vickys Worte auffallend nach dem Chanson »Il faut savoir« von Charles Aznavour klangen.

Die Rückfahrt nach Marseille war heiter. Nach der sommerlichen Auszeit war Dominos Liebe zu seiner Heimatstadt noch gewachsen, doch auch die tiefsitzende Angst kehrte wieder, die ihn bei dem Gedanken befiel, dass er sie eines Tages würde verlassen müssen.

63

Am 1. September sollte das Paradou seine Pforten wieder öffnen. Jacquy hatte Domino zugesagt, ihn wieder einzustellen. Die mündliche Nachprüfung, die ihm, wenn er sie bestand, den Weg ins zweite Studienjahr ebnen würde, war für Anfang Oktober angesetzt. Vicky nahm seine Arbeit als Discjockey im Grenier von Jeannot-Régine wieder auf. Als Clandès auf der Canebière bei einer Schwarzhändlerin eine Tüte rote Datteln kaufte, überkam ihn eine heitere Ruhe. Kein Zweifel, die Mutter Gottes wachte über sie alle.

Wie viele der jungen Leute, die nach dem Krieg geboren worden waren, glaubte auch er, eine strahlende Zukunft voll neuer Entdeckungen vor sich zu haben. Das Jahr 2000 würde das Goldene Zeitalter einläuten. Mit dieser Aussicht auf eine Zukunft voller Glück hatte er seinen Vertretungsjob im Paradou wieder aufgenommen. Dort fühlte er sich wie ein Krebs in heimatlichen Flussgefilden.

Die Wiedereröffnung des Nachtclubs wurde ein voller Erfolg. Es war wie früher zu Schulanfang, nur war es eben jetzt, wie Vicky spöttisch, aber liebevoll meinte, ein »Schwulanfang«.

Eines Dienstagabends, als er im Lokal bediente, weil die eigentliche Bedienung, die flotte Yvette, frei hatte, trat eine junge Frau an Clandès heran.

»Erkennst du mich nicht?«, fragte sie mit näselnder Stimme.

Er musterte die Unbekannte. Die schwarzen, dünnen Haare trug sie in der Manier von Juliette Gréco, dazu einen braunen Hut mit breiter Krempe, ein himmelblaues Trapezkleid und braune Schuhe mit dünnen, kurzen Absätzen. Ihr Gesichtsausdruck war ein wenig herb, ihre Adlernase formvollendet. Modisch war sie wirklich voll auf der Höhe der Zeit.

»Tut mir leid, ich weiß wirklich nicht ...«

»Fortuna«, sagte sie und lachte dann so laut, dass ein ganzer Tisch sich nach ihr umdrehte.

»Lucien?«, rief Clandès ungläubig.

Er konnte erst nicht glauben, dass dieses hübsche Geschöpf der Junge mit den groben Gesichtszügen und dem vorzeitigen Haarausfall sein sollte, der noch vor einem Jahr an ihm gehangen hatte wie eine Napfschnecke an ihrem Felsen. Doch dann fing er sich wieder und entschuldigte sich, dass er ihn mit seinem männlichen Vornamen angesprochen hatte.

Sie nahm es ihm nicht übel und erzählte, dass sie das gewohnt sei und Verständnis dafür habe, wenn die Überraschung über ihre Verwandlung solche Reaktionen verursachte. In gewisser Weise schmeichelte ihr das sogar, denn die Verwunderung, die sie hervorrief, war ein Beleg für ihre Weiblichkeit. Sie hatte Marseille schon vor einiger Zeit verlassen und lebte seitdem in Paris, wo sie ihre Verwandlung vollendet hatte.

»Wie findest du mich?«

Sie war perfekt. Hätte sie sich nicht vorgestellt, Clandès hätte sie nicht erkannt. Was für eine gewaltige Veränderung hatten eine Nasenkorrektur und eine Hormonbehandlung hier bewirkt! Sie nahm Clandès mit in die Toiletten und zeigte ihm ihre festen, jugendlichen Brüste. Er war hin und weg. Eine solche Verwandlung in so kurzer Zeit, das erschien ihm wie ein Wunder. Seine Begeisterung legte sich allerdings ein wenig, als sie ihm gestand, dass sie in Paris dem ältesten Gewerbe der Welt nachging. In diesem Moment tauchte Vicky auf, der gleichfalls sprachlos war, als er ihren gemeinsamen alten Kumpel erkannte.

Als die beiden jungen Männer nach Hause kamen, fanden sie keinen Schlaf. Sie hatten auf eindrucksvolle Weise eine sehr konkrete Ahnung von der Verwirklichung ihrer verwegensten Träume bekommen. Wie immer hatte Vicky das letzte Wort, diesmal mit Seneca: »Nicht, weil es schwer ist, wagen wir es nicht, sondern weil wir es nicht wagen, ist es schwer.«

Tags darauf trat Clandès mit Lady Jane auf. Nach der Vorstellung kam Fortuna zu ihm. Sie war hellauf begeistert.

»Wir müssen uns mal unterhalten. Du bist einfach fantastisch!«

Domino entschuldigte sich für einen Moment und sagte, er müsse sich erst umziehen, würde dann aber gleich zu ihr kommen. Sie sprach viel, und mit jedem ihrer Worte brachte sie Dominos tiefste Überzeugungen zum Ausdruck. Sie versicherte ihm, dass er die perfekte Frau war und auf der Bühne einfach umwerfend. Sie hatte gesehen, wie sehr er dabei in seinem Element gewesen war, und sie hatte auch die Künstlerin gesehen, die in ihm steckte. Sein Talent sprang geradezu ins Auge, und daher gab es für ihn nur einen Weg.

»Du bist nicht dafür gemacht, als Mann zu leben.«

Nachdem Fortuna es so auf den Punkt gebracht hatte, erzählte Clandès von seiner Begegnung mit Sandrine aus dem Carrousel (die Fortuna kannte) und ihrer Prophezeiung. Er schilderte ihr, wie sehr es ihn dazu drängte, ebenfalls eine solche Veränderung zu durchleben, aber auch seine Ängste und vor allem seine Abscheu davor, eines Tages zur Prostitution gezwungen zu sein.

Fortuna zeigte Verständnis. Sie wollte diese Tätigkeit, die zwar einträglich, aber auch erniedrigend war, ja auch am liebsten aufgeben und sich im Kabarett versuchen. Sie hatte eine genaue Vorstellung davon, wie ihr das gelingen könnte, und just an diesem Abend hatte sie jemanden kennengelernt, der ihr dabei helfen würde. Sie war sich absolut sicher.

»Du kommst zu mir nach Paris. Zwei Monate lang zeige ich dir, wie du dich schminken und anziehen musst und wie du die Frau, die in dir steckt, befreien kannst. Ich schreibe sämtliche Ausgaben auf, für Essen, Kleidung, Fahrkarten, und wenn du ausgehst. In dieser Zeit hilfst du mir, Nummern fürs Kabarett zu entwickeln. Das kannst du nämlich. Wenn du dann glaubst, dass wir so weit sind, sprechen wir in Belgien vor, bei Madame Arthur in Anvers. Die suchen andauernd neue Künstlerinnen. Sobald wir die ersten Gagen bekommen, zahlst du mir alles zurück. Überrascht dich dieser Vorschlag? Das kann ich verstehen, aber du solltest diese Chance nutzen, vielleicht bekommst du nie wieder eine solche Gelegenheit.«

In Clandès' Kopf ging es drunter und drüber. Konnte er ein solches Angebot ausschlagen? Aber konnte er andererseits eine so gewichtige Entscheidung kurzerhand und zu so später Stunde treffen? Er verging fast vor Angst. Fortuna bemerkte, wie sehr ihr Vorschlag das wohlgeordnete Leben ihres Freundes durcheinanderwirbelte. Sie sagte ihm, er brauche nicht auf der Stelle zu antworten und solle das Für und Wider in aller Ruhe abwägen, sich genau über seine Gefühle klarwerden und darüber, wie stark sein Wunsch nach Veränderung war. Nächste Woche würde sie wieder abreisen, er hatte also bis Samstag Zeit, sich zu entscheiden.

Als Domino, noch immer ganz verwirrt, um vier Uhr morgens nach Hause kam, suchte er Rat bei Vicky. Stundenlang diskutierten sie, und als die Sonne schon längst durch die Fensterläden schien, redeten sie noch immer. Clandès versuchte, seinen Freund zu überzeugen, dass sie keine andere Wahl hätten, und Vicky entgegnete, es sei noch zu früh, und keiner von ihnen sei schon bereit, sich auf so ein Vorhaben einzulassen. Als in der Schule nebenan das Läuten zu hören war, wurde Clandès bewusst, dass schon Mittag war, der erste Mittwoch im Oktober … und dass sein Freund ihm niemals folgen würde. Er selbst war, anders als Vicky behauptete, schon seit langer Zeit bereit, im Grunde schon sein ganzes Leben. Wenn er ehrlich zu sich war, blieb ihm keine Wahl, es gab keinen anderen Weg, das war nicht zu leugnen, und es ging dabei um Alles oder Nichts. Vicky verzog sich in sein Zimmer. Er weinte.

Domino wusste, dass er die Weichen für den Rest seines Lebens stellen würde. In etwas unbeholfener Manier gelang es ihm, die Entscheidung noch durch ein letztes Hindernis hinauszuzögern, und dabei tat er so, als sei das alles allein Sache des Schicksals. Als er am darauffolgenden Samstag mit Fortuna sprach, erklärte er ihr, dass er dabei wäre, vorausgesetzt, er würde durch die Nachprüfung fallen. Fortuna lächelte und versprach, ihn Ende Dezember abzuholen. Bis dahin sollte er seine Angelegenheiten in Ordnung bringen.

Die Stimmung zwischen Vicky und Domino wurde zunehmend gereizt. Vicky traute Fortuna nicht über den Weg, weshalb es für ihn ausgeschlossen war, auf ihren Vorschlag einzugehen. Tag für Tag versuchte er, Clandès klar zu machen, wie gefährlich dieses Vorhaben war. Er hatte allen ihren Freunden davon erzählt, und diese zeichneten Abend für Abend ein apokalyptisches Bild von dem Leben, das Transvestiten in der Hauptstadt führten. Drogen, Ärger mit der Polizei, Anschaffen auf der Straße, Not und Elend. Illico, Jacquy, Jeannot-Régine und sogar Lady Jane, alle rieten ihm aufs Dringendste von dieser Idee ab. Er beschwichtigte sie, indem er darauf verwies, dass er noch keine endgültige Entscheidung getroffen hätte und alles von den Prüfungsergebnissen abhinge.

64

Als Domino den Raum betrat, war er entsetzlich aufgeregt. Doch diese Aufregung war nicht mit jener zu vergleichen, die er verspürte, wenn Lady Jane ihn auf die Bühne rief. Jetzt hatte ihn eine Angst befallen, die an ihm nagte, ihn aus dem Gleichgewicht brachte, ihm die Kehle zuschnürte. Die Ausstrahlung des Professors, der ihm gegenübersaß, war alles andere als beruhigend. Auch durch seinen dunkelgrauen Dreiteiler hindurch war die ganze Starrheit seiner Person zu spüren. Die braune Fliege mit den dunkelroten Punkten sollte seiner Erscheinung eine fröhliche Note verleihen, kam jedoch nicht gegen den Hemdkragen an, der so sehr gestärkt war, dass sich seine Schultern unweigerlich mitbewegten, sobald er den Kopf drehte.

Als er Domino mit »Guten Tag« begrüßte, klang es in dessen Ohren wie »Angeklagter, erheben Sie sich«.

»Was können Sie mir zum Thema Putativehe sagen?«

Beinahe wäre ihm ein donnerndes »Nichts!« herausgerutscht. Aber er riss sich zusammen und antwortete zunächst – wie er es gelernt hatte –, indem er die Frage wiederholte, was ihm Zeit gab, kurz nachzudenken und sich an das Wenige zu erinnern, was er von dem Thema vielleicht noch behalten hatte. Wiederholt hatte er es natürlich nicht.

Er dachte angestrengt nach, und bald kam in seinem fieberhaft arbeitenden Gehirn auf unergründlichen Wegen die Rettung in Form einer plausiblen Antwort an die Oberfläche. »Eine Putativehe ist eine Ehe, die annulliert wurde, für den Ehegatten, der sie in gutem Glauben geschlossen hat, jedoch als gültig angesehen wird.« Dazu fiel ihm eine Anekdote ein, die Fortuna ihm erzählt hatte und die ihm als ideale Illustration dieses Sachverhalts erschien. Die Ehe von Coccinelle, des berühmten Transvestiten und Stars des Pariser Carrousel, war annulliert worden, weil ihr Gatte vorgebracht hatte, vor der Eheschließung nicht gewusst zu haben, dass seine Zukünftige früher ein Mann gewesen war.

»Dieses Beispiel ist vollkommen unpassend«, brummte der graue Riese. »Offenbar haben Sie sich nicht ausreichend vorbereitet. Ich kann Ihnen daher nicht einmal eine halbwegs gute Note geben. Und ich weiß auch nicht, woher Sie Ihr Wissen beziehen, sicher jedoch nicht aus der *Gazette du Palais*.«

Domino war dreist genug, um zu antworten:

»Und eiligst schloss nach diesem Worte der neue Heil'ge seine Pforte.«

Der Prüfer sah ihn nur verdutzt an, und bevor Clandès den Raum verließ, fügte er unter provokantem Lachen hinzu:

»La Fontaine, Monsieur, La Fontaine.«

Auf die Frage, wie der Tag verlaufen war, antwortete er denen, die ihn neugierig fragten, nur mit einem knappen »Extra!«, insgeheim stolz auf seinen gelungenen Auftritt.

65

Hatte das Schicksal nun endgültig über Dominos Zukunft entschieden, über sein Leben, ja selbst über sein Geschlecht? Vicky wurde in den folgenden Tagen immer unerträglicher, denn er erkannte, dass Clandès eine Wahl getroffen hatte, die er selbst für sich nicht treffen konnte. Als er eines Morgens zur Frühstückszeit gegen zwölf Uhr nicht auftauchte, wunderte sich Clandès über sein Ausbleiben und ging in sein Zimmer, um ihn zu wecken. Dort fand er auf dem sorgfältig gemachten Bett einen großen Umschlag aus Packpapier vor. Darin lagen Schlüssel, eine Fotografie und ein Brief:

Dominique,

Wenn du diesen Brief liest, sitze ich in einem Zug, der mich weit von hier wegbringt, von Dir und unserer unbeschwerten Jugend. Als es darum ging, eine Entscheidung zu treffen, habe ich mich gewiss nicht sehr geschickt angestellt.

Ich wusste, dass es mir nicht gelingen würde, Dich von Deinem unglaublichen Vorhaben abzuhalten.
Schon früh hatte ich verstanden, dass Dich etwas viel Stärkeres antrieb, dass es für Dich um sehr viel mehr ging als für mich.
Weil ich mich nicht in der Lage sah, diesen gefahrvollen Weg zu beschreiten, wollte ich nicht akzeptieren, dass Du es vielleicht schaffen könntest.
Vergebens habe ich versucht, Dich davon abzubringen.
Ich kenne Dich gut, meine geliebte Clandès, Dich hält nichts auf, wenn Du überzeugt bist, das Richtige zu tun.
In meinem tiefsten Inneren weiß ich, dass mein kleines hässliches Entlein seinen Weg gefunden hat, der ihn zu den Schwänen führen wird, zu seinesgleichen.
Heute verlasse ich Dich. Ich gehe, damit Du Deine Flügel ungehindert ausbreiten kannst.
Ich habe weder Deine Kraft noch Deinen Mut noch diese unerschütterliche Gewissheit, mit deren Hilfe Du es schaffen wirst, Berge zu versetzen und das außergewöhnliche Leben zu leben, das Dir bestimmt ist.

Ich glaube an Dich. Werde, die du bist.
Ich verlasse Dich, weil es mir nicht zusteht, Dich aufzuhalten.
Ich verlasse Dich, weil ich Vertrauen in Dich habe.
Ich gehe, weil ich Dich liebe.

Vicky

Das Foto zeigte die Marienstatue aus der Basilika Notre-Dame-de-la-Garde. Vicky hatte es stets in Ehren gehalten und bei sich getragen. Es war sein Fetisch gewesen, sein Talisman. Die Schlüssel waren seine Wohnungsschlüssel.

Dominos anfängliche Wut wich schon bald der Trauer. Wieder verspürte er die tiefsitzende Angst, verlassen zu werden. Alle Menschen, die er liebte, hatten ihn verlassen. Seine Mutter, infolge der Scheidung; seine Großmutter, die mit zweiundfünfzig Jahren gestorben war; sein Vater, der nie zu Hause war. Doch von nun an würde sich nie wieder jemand von ihm verabschieden. Denn künftig wäre er es, der ging. Noch bevor er »Ich liebe dich« sagen konnte. Vicky hatte ihm gezeigt, was er tun musste, um nie wieder verletzt zu werden.

66

Clandès hatte Fortuna angerufen, um ihr mitzuteilen, dass er die Nachprüfung nicht bestanden hatte. Sie war vor Freude ganz aus dem Häuschen und versprach nochmals, ihn Ende Dezember abzuholen, nachdem sie ihre Familie zu Weihnachten besucht hatte. Am ersten Januar, einem symbolträchtigen Datum, würden sie gemeinsam nach Paris fahren. So würde mit dem neuen Jahr ein neues Leben beginnen.

Dass Vicky sich aus dem Staub gemacht hatte, bestärkte Clandès in seinem Entschluss. Es war an der Zeit, Marseille zu verlassen. Endlich hatte er seinen Weg gefunden. Ohne das geringste Bedauern verkündete er der versammelten Mannschaft des Paradou, dass er nach Paris gehen würde. Überall wurde Missbilligung laut, jeder brachte Argumente dagegen vor, doch alle hatten erkannt, dass seine Entscheidung unwiderruflich war. Die freundschaftlichen Gefühle, die sie für ihn hegten, milderten ihr Unverständnis. Wie er Fortuna versprochen hatte, machte er sich daran, alles für seine Abreise vorzubereiten.

Der Koffer wäre rasch gepackt. Er würde kaum etwas mitnehmen. Ein Kleid, einen Mantel, eine Handtasche, das waren all seine Reichtümer. Fortuna würde seine Garderobe nach und nach erweitern, je nachdem, was er brauchte. Die Lebenshaltungskosten würde sie fein säuberlich in einem kleinen Heft notieren, und er würde ihr später alles zurückzahlen. Er nahm sich vor, all seine Herrenkleidung wegzugeben, und für den Silvesterabend wollte er ein Buffet organisieren, bei dem er vor den Augen all seiner Freunde im Kamin des Wohnzimmers die fotografischen Beweise seines früheren Lebens verbrennen wollte. Eine Art Autodafé sollte es werden, ein Glaubensbekenntnis. Die Vorstellung davon erfüllte ihn mit Freude.

Auch die Wohnung kündigte er. Nun war alles vorbereitet. Doch eine Frage war noch offen: Wie sollte er seiner Familie erklären, dass er wegging, dass er sein Leben von Grund auf änderte? Schon bald allerdings sollte etwas geschehen, das ihn zu einer Entscheidung führte.

Während er in die Vorbereitungen vertieft war, flogen die Tage nur so dahin. Er konnte es kaum erwarten, Fortuna wiederzusehen. Eines Tages läutete im Halbdunkel des Wohnzimmers das schwarze Bakelittelefon. Clandès sprang aus dem Bett und nahm ab. Es war die lang ersehnte Freundin, die ihm mitteilte, dass sie angekommen war. Sie war im Hôtel Saint-Louis abgestiegen, das am Anfang der Rue d'Aubagne lag, gleich bei ihm um die Ecke. Und sie schlug ihm vor, dass er zu ihr kam.

Das Hotel war ein durchaus vornehmes Haus. Der Lift, der ihn nach oben brachte, erinnerte ihn mit seinem schmiedeeisernen Gitter und der Tür aus Mahagoni an die beklemmende Stimmung der Filme von Alfred Hitchcock. Am Ende eines langen Flurs, der mit rotem Teppich ausgekleidet war, lag Fortunas Zimmer. Er klopfte. Fortuna trug ein rosa Negligé und dazu passende Hausschuhe mit Puscheln. Sie war hinreißend. Das große, helle Zimmer war mit Kleidern, Hosen und allen möglichen anderen Sachen übersät und spiegelte so die innere Verfassung seiner neuen besten Freundin wider. Sie erklärte ihm, dass sie am Abend nach vielen Monaten ihre Schwestern wiedersehen würde. Sie würden sich bei ihrer Mutter treffen. Sie wollte einen guten Eindruck machen und wusste nicht, was sie anziehen sollte, war maßlos aufgeregt und drohte, jeden Moment in Tränen auszubrechen. Nichts erschien ihr für dieses bedeutungsvolle Treffen passend. Dass Clandès jetzt bei ihr war, beruhigte sie offenbar. Gemeinsam entschieden sie, dass der elegante schwarze Smoking im Stil von Saint Laurent die vorteilhafteste Wirkung hätte. Die am Hinterkopf zusammengebundenen Haare, Ohrstecker mit Perlen und schwarze Pumps verliehen ihr einen Hauch authentischer Weiblichkeit. Fortuna war erleichtert, bedankte sich überschwänglich bei ihrem Freund und versprach, später ins Paradou zu kommen und ihm alles zu erzählen. Als er sich von ihr verabschiedete, stellte er erfreut fest, dass die Angst aus ihrem Blick gewichen war und dass sie glücklich war, ihn wiederzusehen.

Und er selbst? Würde er einen so starken Willen aufbringen? So viel Mut?

67

Die Vorstellung war vorbei.

Wie jedes Mal hatte Lady Jane einen Triumph gefeiert. An diesem außergewöhnlichen Abend war ihr daran gelegen gewesen, dass ihr junger Zögling, der sie alle verlassen und seinem Leben eine gänzlich andere Richtung geben würde, einen besonderen Applaus bekam. Brillante Schauspielerin, die sie war, hob sie mit schluchzender Stimme zu einem »Ce n'est qu'un au revoir« an, in das schon bald das ganze Lokal einfiel und für das sie noch einmal donnernden Applaus erntete.

Die Party war in vollem Gange und Domino mittendrin. Alle seine Freunde scharten sich um ihn, den künftigen Exilanten, jeder gab Ratschläge oder erzählte von eigenen Erlebnissen in der Hauptstadt, die nicht alle wirklich glücklich gewesen waren. Irgendwann bemerkte Clandès in der Menge die kleine Gestalt Fortunas – sie war kaum eins sechzig groß. Ihre Wimperntusche war verwischt und ihre trübselige Miene ließ ahnen, dass sie ihm nur Trauriges zu berichten hatte. Kaum hatte sie ihn entdeckt, flog sie in seine Arme und schmiegte sich, ohne ein einziges Wort herauszubringen, lange an ihn.

Aus den Lautsprechern dröhnte die unvermeidliche Sylvie Vartan mit ihrem Song »Locomotion«, auf der Tanzfläche schwangen die Tänzer, eingehüllt in dichte Rauchschwaden, die Hüften, an den Tischen brandete immer wieder Gelächter auf, und inmitten dieses Treibens standen sie beide, allein, zerrüttet von der Lieblosigkeit der anderen, verloren in der lärmenden Gleichgültigkeit der Nachtschwärmer.

»Ich bring dich zurück ins Hotel.«

Erst als sie in Fortunas Zimmer waren, erzählte sie ihm von ihrer traurigen Begegnung.

Mit klopfendem Herzen und über und über mit Geschenken bepackt, hatte sie das Haus ihrer Mutter erreicht. Voller Vorfreude, ihre Familie wiederzusehen, war sie die drei Etagen hinaufgestiegen.

»Guten Tag, Madame«, sagte ihre ältere Schwester mit fragendem Blick, als sie ihr die Tür geöffnet hatte.

Dass sie sie nicht erkannte, fand Fortuna eher erheiternd als beunruhigend.

»Ich bin dein kleiner Bruder«, sagte sie.

»Was? Lucien? Wie siehst du denn aus? Was soll denn dieser Firlefanz? Willst du dich etwa so deiner Mutter präsentieren?«

»Ich habe ihr gesagt, dass ich heute Abend komme. Sie erwartet mich.«

»Kommt überhaupt nicht in Frage, dass du ihr in diesem Aufzug unter die Augen trittst!«

»Aber ich lebe inzwischen so. Ich bin eine Frau geworden.«

»Eine Transe, das bist du geworden! Aber nicht in unserer Familie! Du machst hier keinen Schritt rein!«

»Lass mich ihr doch wenigstens kurz Hallo sagen und ihr ihre Weihnachtsgeschenke geben.«

Ohne ein weiteres Wort schnappte sich ihre Schwester die Pakete und schlug ihr die Tür vor der Nase zu. Tief getroffen machte sich Fortuna wieder auf den Weg.

Als sie geendet hatte, verfinsterte sich ihr Blick.

»Ich werde sie nie wiedersehen. Aber von mir aus. Wenn sie nichts mehr von mir wissen wollen, dann will ich auch nichts mehr von ihnen wissen.«

Sie wollte keine Sekunde länger in Marseille bleiben und daher schon am nächsten Tag abreisen. Clandès musste ihr versprechen, am ersten Januar nachzukommen. Dann überreichte sie ihm eine Fahrkarte für eine einfache Fahrt nach Paris.

»Dein Weihnachtsgeschenk.«

In dieser Nacht blieb Clandès bei Fortuna. Bevor er einschlief, traf er eine bedeutende Entscheidung: Er würde abreisen, ohne jemandem etwas zu sagen, ohne sich zu verabschieden, ohne etwas zu erklären. Es hätte ohnehin keinen Zweck. Niemandem würde er von seiner Abreise erzählen, von der Verwandlung, die ihm bevorstand. Was war mit Antoine und Clairette, seinen Eltern? Sie hatten insgesamt sechzehn Kinder, vier gemeinsame und je sechs weitere aus zweiter Ehe. Eines mehr oder weniger im Nest, was machte das schon? Warum sollte er ihnen noch weitere Sorgen aufbürden? Warum sollte er sich erst der Zustimmung der anderen vergewissern, bevor er seinen Weg ging? Er hatte sich entschieden, und für diese Entscheidung war er allein verantwortlich. Dann schlief er ein. Am ersten Januar würde sie abreisen!

Epilog

Vor den Fenstern des Schnellzugs Marseille-Paris zogen die Viertel meiner Kindheit vorüber: Saint-Mauront, Saint-Louis, Saint-André, Saint-Henri, L'Estaque. Vom Gang des Zuges aus betrachtete ich sie, als wollte ich sie mir genau einprägen. Ein letzter Blick aufs Meer, kurz vor der Einfahrt in den Tunnel von Rove.

Ich schwankte zwischen Glückseligkeit und Furcht und spürte den ganzen Mut, den es kostete, diese Reise ohne Wiederkehr zu wagen. Doch ich kam nicht dazu, mich weiter in meine Angst zu versteigen, denn plötzlich sprach mich ein junger Mann an: »Verzeihen Sie, Mademoiselle, hätten Sie wohl Feuer für mich?«

Ich antwortete nicht sofort, weil ich mir nicht sicher war, ob er wirklich mich gemeint hatte.

Während ich in meiner Handtasche nach einem Feuerzeug kramte, wurde mir klar, dass Domino verschwunden war. Für ihn war in diesem Zug kein Platz mehr.

Ich reichte ihm das Dupont-Feuerzeug.

Als er es entgegennahm, berührte er leicht meine Hand.

Dann bot er mir eine Zigarette an.

»Wie ist Ihr werter Name, mein bezauberndes Fräulein?«

»Galia, aber meine Großmutter wollte das nicht«, antwortete ich halblaut.

Und wenn schon! An diesem Tag wusste ich, dass ich meinen Traum wahr machen und das Versprechen einer anderen

Wirklichkeit einlösen würde. An diesem Tag gelangte ich endgültig zu der Überzeugung, dass der Schmetterling nicht an das Versprechen der Raupe gebunden ist.

Mein Dank geht an

Bambi,
die mir in allen Unwettern ein Leuchtturm war

Annie Macchi,
meine gute Fee

Jacques Demri,
mein Alter Ego

Philippe Paga,
meinen Vertrauten

Orlando,
der alles auf dieser Welt verschönert

Denis Taranto,
ohne den dieses Buch nicht entstanden wäre

Und an all die wunderbaren Menschen, die mir geholfen haben,
mich aus meinem Kokon zu befreien.
Ob sie sich dessen bewusst waren oder nicht,
ob sie es wollten oder nicht.
Sie werden sich wiedererkennen.

»Wir wissen nie,
was die Vergangenheit noch für uns bereithält.«

Françoise Sagan

Galia
Stationen einer Karriere

1970er-Jahre	Engagement im Kabarett Le Carrousel, Paris
1973	Engagement im Alcazar
1979	Rückkehr ins Carrousel
1985	Schließung des Carrousel, Gastspielreisen in mehrere europäische Länder
1986	Anstellung in der Küche des Pariser Kabaretts Le Piano
1987	Restaurantleiterin im 7 und Leiterin des Fumoir du Palace
1988	Eröffnung der Bar Le Morocco in Saint-Germain-des-Prés
1989	Arbeit im Restaurant 49 und als Bardame im Folie's Pigalle an den Abenden »Jean-Pierre et Samantha« von David Guetta. Sommersaison im Le Pigeonnier in Saint-Tropez
1993	Auftakt der Show »Absolutely Fabulous« im Queen
1996	Begründung der Show »Overkitsch« im Queen
2010	Beginn der Show »In the Place« im Bataclan
2012	Engagement in der Mathis Bar
2015	Kabarettbühne des Manko
2017	Übernahme des neu eröffneten Club Le 13

Galia wirkte *1982* in dem Film *La Balance* (*Der Verrat*) mit und *1994* in dem Fernsehfilm *Parfum de meutre.*
2001 moderierte sie die Sendung »Good as you« auf Canal Jimmy und *2003* »Tout nouveau tout beau« auf TMC, sowie *2005* »Tout nouveau tout show« auf demselben Sender.
2006 moderierte sie »Mille et une vies« auf Astrocenter TV und *2008* »L'heure overkitsch« auf Voltage.

Anmerkungen

Kapitel 3

Belote: ein Kartenspiel

Kapitel 8

wo die Esel Hosen trugen:
Früher trugen die Esel, die auf der Insel in der Salzgewinnung eingesetzt wurden, zum Schutz vor Insekten Hosen. Heute ist der Esel in Hosen eines der Symbole der Inseltradition.

Kapitel 17

Lebœuf: bœuf (frz.) = Rind, Ochse

Kapitel 18

Lokum: Süßigkeit türkischen Ursprungs,
heute im Vorderen und Mittleren Orient, in Südosteuropa und im Maghreb verbreitet

Kapitel 21

die Schönste, die zum Tanzen geht:
Zitat aus dem gleichnamigen Chanson
»La plus belle pour aller danser« (1964) von Sylvie Vartan

Cinq colonnes à la une: führende Reportagesendung im Frankreich der 1960er-Jahre

Dim, Dam, Dom: Fernsehsendung der 1960er-Jahre, die sich vornehmlich an Frauen richtete

Jacques Chazot: Jacques Chazot (1928–1993), französischer Balletttänzer, Schauspieler und Lebemann, der offen homosexuell lebte

Kapitel 27

Fremdenlegion: In Aubagne in der Nähe von Marseille befindet sich das Hauptquartier der Fremdenlegion.

Rouletabille: Hauptfigur des Romans *Das Geheimnis des gelben Zimmers* (1907) von Gaston Leroux.
Von Beruf Zeitungsreporter.

Kapitel 46

Guérini: Familienclan, der in der Nachkriegszeit das Verbrechermilieu in Marseille beherrschte

Kapitel 47

Bocul: gleichlautend mit beau cul (frz.) = hübscher Hintern

Kapitel 52

die Natur des Prinzen: *Die Natur des Prinzen,* Roman (1963) von Roger Peyrefitte (1907–2000), der als Pionier der französischen Homosexuellenliteratur gilt

Kapitel 53

wie Blanquette, die Ziege von Monsieur Seguin:
Das Zitat stammt aus der Episode »Die Ziege von M. Seguin« aus *Briefe aus meiner Mühle* (1870) von Alphonse Daudet (1840–1897).

Kapitel 57

die Kriegsversehrten: Die Lotterie war gegründet worden, um u.a. Invaliden und Soldaten zu unterstützen.

Kapitel 63

in Belgien, bei Madame Arthur in Anvers:
scherzhafte Ortsangabe nach der Métrostation »Anvers«, in deren Nähe das Madame Arthur liegt

Kapitel 64

Gazette du Palais: einschlägige juristische Fachzeitschrift, gegründet 1881